# POÈMES

de O. V. DE L. MILOSZ

O. V. DE L. MILOSZ

# POÈMES

# 1895-1927

(2me édition.)

J. O. FOURCADE
ÉDITEUR
22, Rue de Condé
PARIS

Il a été tiré de cet ouvrage
vingt exemplaires sur papier Japon
numérotés de I à XX
et deux cent cinquante exemplaires
sur papier vergé antique Hollande
numérotés de 1 à 250,
ce tirage constituant proprement
l'édition originale.

*A RENAISSANCE*

*Les poèmes de la première partie de la présente anthologie, écrits entre 1895 et 1906, appartiennent aux deux premiers recueils de vers de M. O. V. de L. Milosz, le* Poème des Décadences *et les* Sept Solitudes.

*Ces deux ouvrages, peu répandus dans le public, conformément à la volonté de l'auteur, n'ont pas laissé d'exercer sur la période poétique 1900-1914, une influence que Guillaume Apollinaire signalait depuis 1906 dans une conférence qu'il leur consacra au Salon des Poètes. Les idées et les événements qui ont présidé à leur composition se trouvent exposés dans un roman de M. Milosz, l'*Amoureuse Initiation, *paru en 1910 chez Bernard Grasset.*

*Les pièces de la deuxième partie représentent toute la production poétique de M. Milosz, entre 1913 et 1927. Elles sont comme l'accompagnement lyrique d'une évolution spirituelle dont les phases principales sont marquées par la publication des deux mystères* Miguel Manara *(Nouvelle Revue Française) et* Méphiboseth *(E. Figuière), ainsi que des ouvrages métaphysiques de M. Milosz,* Ars Magna *(Presses Universitaires de France) et* les Arcanes *(Librairie Teillon, 83, rue des Saints-Pères).*

# PREMIÈRE PARTIE

## 1895-1906

# KAROMAMA

Mes pensées sont à toi, reine Karomama du très vieux
temps,
Enfant dolente aux jambes trop longues, aux mains si
faibles
Karomama, fille de Thèbes,
Qui buvais du blé rouge et mangeais du blé blanc
Comme les justes, dans le soir des tamaris.
Petite reine Karomama du temps jadis.

Mes pensées sont à toi, reine Karomama
Dont le nom oublié chante comme un chœur de plaintes
Dans le demi-rire et le demi-sanglot de ma voix ;
Car il est ridicule et triste d'aimer la reine Karomama
Qui vécut environnée d'étranges figures peintes
Dans un palais ouvert, tellement autrefois,
Petite reine Karomama.

Que faisais-tu de tes matins perdus, Dame Karomama ?
Vers la raideur de quelque dieu chétif à tête d'animal
Tu allongeais gravement tes bras maigres et maladroits
Tandis que des feux doux couraient sur le fleuve matinal.
O Karomama aux yeux las, aux longs pieds alignés,
Aux cheveux torturés, morte du berceau des années...
Ma pauvre, pauvre reine Karomama.

Et de tes journées, qu'en faisais-tu, prêtresse savante ?
Tu taquinais sans doute tes petites servantes
Dociles comme les couleuvres, mais comme elles indolentes ;
Tu comptais les bijoux, tu rêvais de fils de rois
Sinistres et parfumés, arrivant de très loin,
De par delà les mers couleur de toujours et de loin
Pour dire : « Salut à la glorieuse Karomama. »

Et les soirs d'éternel été tu chantais sous les sycomores
Sacrés, Karomama, fleur bleue des lunes consumées ;
Tu chantais la vieille histoire des pauvres morts
Qui se nourrissaient en cachette de choses prohibées
Et tu sentais monter dans les grands soupirs tes seins bas
D'enfant noire et ton âme chancelait d'effroi.
Les soirs d'éternel été, n'est-ce pas, Karomama ?

— Un jour (a-t-elle vraiment existé, Karomama ?),
On entoura ton corps de jaunes bandelettes,
On l'enferma dans un cercueil grotesque et doux en bois
de cèdre.
La saison du silence effeuilla la fleur de ta voix.
Les scribes confièrent ton nom aux papyrus
Et c'est si triste et c'est si vieux et c'est si perdu...
C'est comme l'infini des eaux dans la nuit et dans le froid.

Tu sais sans doute, ô légendaire Karomama !
Que mon âme est vieille comme le chant de la mer
Et solitaire comme un sphinx dans le désert,
Mon âme malade de jamais et d'autrefois.
Et tu sais mieux encor, princesse initiée,

Que la destinée a gravé un signe étrange dans mon cœur,
Symbole de joie idéale et de réel malheur.

Oui tu sais tout cela, lointaine Karomama,
Malgré tes airs d'enfant que sut éterniser
L'auteur de ta statue polie par les baisers
Des siècles étrangers qui languirent loin de toi.
Je te sens près de moi, j'entends ton long sourire
Chuchoter dans la nuit : « Frère, il ne faut pas rire. »
— Mes pensées sont à toi, reine Karomama.

[illegible]

D
D
[illegible]
D
D
D
L
D
D
–

P[illegible]
E
É
A[illegible]
Li
E[illegible]
N[illegible]
D[illegible]
T[illegible]
P[illegible]

# DANS UN PAYS D'ENFANCE...

Dans un pays d'enfance retrouvée en larmes,
Dans une ville de battements de cœur morts,
(De battements d'essor tout un berceur vacarme,
De battements d'ailes des oiseaux de la mort,
De clapotis d'ailes noires sur l'eau de mort).
Dans un passé hors du temps, malade de charme,
Les chers yeux de deuil de l'amour brûlent encore
D'un doux feu de minéral roux, d'un triste charme ;
Dans un pays d'enfance retrouvée en larmes...
— Mais le jour pleut sur le vide de tout.

Pourquoi m'as-tu souri dans la vieille lumière
Et pourquoi, et comment m'avez-vous reconnu
Étrange fille aux archangéliques paupières,
Aux riantes, bleuies, soupirantes paupières,
Lierre de nuit d'été sur la lune des pierres ;
Et pourquoi et comment, n'ayant jamais connu
Ni mon visage, ni mon deuil, ni la misère
Des jours, m'as-tu si soudainement reconnu
Tiède, musicale, brumeuse, pâle, chère,
Pour qui mourir dans la nuit grande de tes paupières ?
— Mais le jour pleut sur le vide de tout.

Quels mots, quelles musiques terriblement vieilles
Frissonnent en moi de ta présence irréelle,
Sombre colombe des jours loin, tiède, belle,
Quelles musiques en écho dans le sommeil ?
Sous quels feuillages de solitude très vieille,
Dans quel silence, quelle mélodie ou quelle
Voix d'enfant malade vous retrouver, ô belle,
O chaste, ô musique entendue dans le sommeil ?
— Mais le jour pleut sur le vide de tout.

# TOUS LES MORTS SONT IVRES...

Tous les morts sont ivres de pluie vieille et sale
Au cimetière étrange de Lofoten.
L'horloge du dégel tictaque lointaine
Au cœur des cercueils pauvres de Lofoten.

Et grâce aux trous creusés par le noir printemps
Les corbeaux sont gras de froide chair humaine ;
Et grâce au maigre vent à la voix d'enfant
Le sommeil est doux aux morts de Lofoten.

Je ne verrai très probablement jamais
Ni la mer ni les tombes de Lofoten
Et pourtant c'est en moi comme si j'aimais
Ce lointain coin de terre et toute sa peine.

Vous disparus, vous suicidés, vous lointaines
Au cimetière étranger de Lofoten
— Le nom sonne à mon oreille étrange et doux,
Vraiment, dites-moi, dormez-vous, dormez-vous ?

— Tu pourrais me conter des choses plus drôles
Beau claret dont ma coupe d'argent est pleine,
Des histoires plus charmantes ou moins folles ;
Laisse-moi tranquille avec ton Lofoten.

Il fait bon. Dans le foyer doucement traîne
La voix du plus mélancolique des mois.
— Ah ! les morts, y compris ceux de Lofoten —
Les morts, les morts sont au fond moins morts que moi...

# AUX SONS D'UNE MUSIQUE...

Aux sons d'une musique endormie et molle
Comme le glouglou des marais de la lune,
Enfant au sang d'été, à la bouche de prune
Mûre ;
Aux sons de miel de tes chevrotantes paroles
Ici, dans l'ombre humide et chaude du vieux mur
Que s'endorme la bête paresseuse Infortune.

Aux sons de ta chanson de harpe rouillée,
Tiède fille qui luis comme une pomme mouillée,
— (Ma tête est si lourde d'éternité vide,
Les mouches d'or font un bruit doux et stupide
Qui prennent tes grands yeux de vache pour des fenêtres),
Aux sons de ta dormante et rousse voix d'été
Fais que je rêve à ce qui aurait pu être
Et n'a pas été...

Quels beaux yeux de n'importe quel animal tu as,
Blanche fille de juin, grande dormeuse !
Mon âme, mon âme est pluvieuse,
D'être et de n'être pas je suis tout las.

Tandis que ta voix d'eau coule comme du sable
Que je m'endorme loin de tout et loin de moi
Entre les trois bouteilles vides sous la table.

— Noyé voluptueux du fleuve de ta voix...

# GRINCEMENT DOUX...

Grincement doux et rouillé d'une berline...
Le crépuscule pleure de vieille joie...
— Il faudrait pourtant aller voir qui est là.
— « Bonsoir, comment vous portez-vous, Mylord Spleen ? »

Les chevaux, les chevaux du passé hennissent
Le soir, le soir, aux fenêtres de l'oubli.
— « La diva que vos sentiments applaudissent,
Mylord, l'avez-vous revue en Italie ? »

Il pleut, il pleut doux de la pluie ancienne
Sur les toits, sur les toits rouges d'autrefois.
— « Merci pour votre aimable lettre de Sienne ;
Et Noël, se souvient-il encor de moi ? »

Ton coq, ton coq, girouette, dit jamais plus,
J'ai mal, j'ai mal, ô grand-père soir, à l'âme.
— « Ces maudites routes d'automne, goddam !
A propos... Godwin et Percy vous saluent. »

Soir de jadis naïf, doux comme un qui cuve
Son vieux vin de l'an vingt près d'un feu léger.
— « Et puis vous savez, je suis si distrait ! — J'ai
Oublié de jeter moi dans le Vésuve. »

# IL NOUS FAUT...

Il nous faut un aubergiste bien rond,
Sautillant, au bonnet saluant preste,
Aux boutons de métal doux sur sa veste.
Il nous faut, il nous faut, mon cœur profond.

Une vallée un peu de vieille estampe,
Des Peterborough aux habits de plaids,
Les amours de Newstead au gris des lampes,
Un grand vent qui déclame du Manfred.

Il nous faut l'oubli le plus implacable,
(C'est comme si nous n'avions pas été)
Des noms de jadis gravés dans les tables ;
Voilà ce qu'il nous faut, en vérité.

— Comme plus haut : un aubergiste rond
Et des chambres discrètement baignées
De demi-jour de toiles d'araignée.
— Il nous faut, il nous faut, mon cœur profond.

# L'ANNÉE...

L'année était du temps des souvenirs,
Le mois était de la lune des roses,
Les cœurs étaient de ceux qu'un rien console.

Près de la mer, des chants doux à mourir,
Dans le crépuscule aux paupières closes ;
Et puis, que sais-je ? Tambourins, paroles.

Cris de danse qui ne devaient finir,
Touchant désir adolescent qui n'ose
Et meurt en finale de barcarolle.

— T'en souvient-il, souvient-il, Souvenir ?
Au mois vague de la lune des roses.
Mais rien n'est resté de ce qui console.

Est-ce pour dormir, est-ce pour mourir
Que sur mes genoux ta tête repose
Avec la langueur de ses roses folles ?

L'ombre descend, la lune va mûrir.
La vie est riche de si douces choses,
Pleurs pour les yeux, rosée pour les corolles.

Oui, vivre est presque aussi doux que dormir...
Poisons tièdes pris à petites doses
Et poèmes pleins de charmants symboles.

O passé ! pourquoi fallut-il mourir ?
O présent ! pourquoi ces heures moroses,
Bouffon qui prends au sérieux ton rôle !

— L'année était du temps des souvenirs,
Le mois était de la lune des roses,
Les cœurs étaient de ceux qu'un rien console.

Mais tôt ou tard cela devait finir
De la très vieille fin de toutes choses
Et ce n'est ni triste, vraiment, ni drôle.

Des os vont jaunir d'abord, puis verdir
Dans le froid moisi des ténèbres closes,
— Fin des actes et fin des paraboles.

Et le reste ne vaut pas une obole.

# UNE ROSE POUR...

Une rose pour l'amante, un sonnet pour l'ami,
Le battement de mon cœur pour guider le rythme des
rondes ;
L'ennui pour moi, le vin des rois pour mon ennui,
Mon orgueil pour la vanité de tout le monde,
O noble nuit de fête au palais de ma vie !

Et la complainte, pour mon secret, dans le lointain,
De la citronnelle, et de la rue, et du romarin...

Le rubis d'un rire dans l'or des cheveux, pour elle,
L'opale d'un soupir, dans le clair de lune, pour lui :
Un nid d'hermine pour le corbeau du blason ;
Pour la moue des ancêtres ma forme qui chancelle
D'illusions et de vins dans les miroirs couleur de pluie,

Et pour consoler mon secret, le son
Des rouets qui tissent la robe des moribonds.

Un quart d'heure et une bague pour la plus rieuse,
Un sourire et une dague pour le plus discret ;
Pour la croix du blason, une parole pieuse.
Le plus large hanap pour la soif des regrets,
Une porte de verre pour les yeux des curieuses.

Et pour mon secret, la litanie désolée
Des vieilles qui grelottent au seuil des mausolées.

Mon salut pour la révérence de l'étrangère,
Ma main à baiser pour le confident,
Un tonneau de gin pour la gaie misère
Des fossoyeurs ; pour l'évêque luisant
Dix monnaies d'or pour chaque mot de la prière.

Et pour la fin de mon secret
Un grand sommeil de pauvre dans un cercueil doré.

# ET SURTOUT QUE...

— Et surtout que Demain n'apprenne pas où je suis —
Les bois, les bois sont pleins de baies noires —
Ta voix est comme un son de lune dans le vieux puits
Où l'écho, l'écho de juin vient boire.

Et que nul ne prononce mon nom là-bas, en rêve,
Les temps, les temps sont bien accomplis —
Comme un tout petit arbre souffrant de prime sève
Est ta blancheur en robe sans pli.

Et que les ronces se referment derrière nous,
Car j'ai peur, car j'ai peur du retour.
Les grandes fleurs blanches caressent tes doux genoux
Et l'ombre, et l'ombre est pâle d'amour.

Et ne dis pas à l'eau de la forêt qui je suis ;
Mon nom, mon nom est tellement mort.
Tes yeux ont la couleur heureuse des jeunes pluies,
Des jeunes pluies sur l'étang qui dort.

Et ne raconte rien au vent du vieux cimetière.
Il pourrait m'ordonner de le suivre.
Ta chevelure sent l'été, la lune et la terre.
Il faut vivre, vivre, rien que vivre...

# VIEILLES GRAVURES

L'ombre sévère et mal imprimée
De la Sierra Morena me cache
Mon mélancolique ami Gamache
En veste de singe et de fumée.

Plus loin je n'aperçois que le tiers
De la jambe gauche de Sancho
Sur ce fond d'Estrémadure amer
Dont mon âme esseulée est l'écho.

Non moins indécise est cette morne
Lune de jamais dont le doux clair
Géométrique fait danser l'air
Poudreux du grenier de Maritorne.

La Roche Pauvre aussi, ce me semble,
Intervient ici mal à propos
Qui dévore la moitié du dos
D'un Cardénio, rêveur sous le tremble.

Et ce ciel est trop bas pour la lance
De ce de la Manche exagéré,
Qui fait tendrement rire et pleurer
Les vallons de l'éternel silence.

— Dehors la neige et presque demain,
La Solitude toujours nouvelle.
Allons ! Un ou deux verres de vin
Et puis, et puis soufflons la chandelle.

## DANSE DE SINGE

Aux sons d'une petite musique narquoise, sautillante,
Essoufflée, — tandis qu'il pleut, tandis qu'il pleut de la pluie pourrie,
Saute, saute, mon âme, vieux singe d'orgue de Barbarie,
Petit vieillard pelé, sournois, animal romantique et tendre.

Avec ta queue d'automne effeuillée, prétentieusement tordue
En point d'interrogation sur le vide ciel du crépuscule,
Essuie tes pleurs, singe galant, mélancolique et ridicule,
Singe galeux de l'amour mort, singe édenté des jours perdus.

Encore un air, encore un air ! Celui qui sent les tabagies,
Le faubourg lépreux, la foire d'automne et les fritures aigres
Pour faire rire les filles mal nourries, — ô sale, affreux, maigre,
Piteux, épileptique singe, animal pur des nostalgies !

Encore un air, hélas ! le dernier ! — Et que ce soit cette sourde
Valse de jamais, requiem des voleurs morts, musique en échos
Qui dit : adieu les souvenirs, l'amour et la noix de coco...
— Tandis que la pluie pauvre fait glouglou dans la boue vieille et lourde.

# LE VIEUX JOUR

Le vieux jour qui n'a pas de but veut que l'on vive
Et que l'on pleure et se plaigne avec sa pluie et son vent.
Pourquoi ne veut-il pas dormir toujours à l'auberge des nuits
Le jour qui menace les heures de son bâton de mendiant ?

La lumière est tiède aux dortoirs de l'hôpital de la vie ;
La blancheur patiente des murs est faite de chères pensées.
Et la pitié qui voit que le bonheur s'ennuie
Fait neiger le ciel vide sur les pauvres oiseaux blessés.

Ne réveille pas la lampe, ce crépuscule est notre ami,
Il ne vient jamais sans nous apporter un peu de bon vieux
temps.
Si tu le chassais de notre chambre, la pluie et le vent
Se moqueraient de son triste manteau gris.

Ah ! certes, s'il existe une douceur ici-bas
Ce ne peut être qu'aux vieux cimetières graves et bons
Où la faiblesse ne dit plus oui, où l'orgueil ne dit plus non,
Où l'espoir ne tourmente plus les hommes las.

Ah ! certes, là-bas, sous les croix, près de la mer indifférente
Qui ne songe qu'au temps jadis, tous les chercheurs
Trouveront enfin leurs âmes aux sourires anxieux d'attente
Et les consolations sûres des nuits meilleures.

Verse cet alcool dans le feu, ferme bien la porte,
Il y a dans mon cœur des abandonnés qui grelottent.
On dirait vraiment que toute la musique est morte
Et les heures sont si longues !

Non, je ne veux plus voir en toi l'amie :
Ne sois qu'une chose extrêmement douce, crois-moi,
Une fumée au toit d'une chaumière, dans le soir :
Tu as le visage de la bonne journée de ta vie.

Pose ta douce tête d'automne sur mes genoux, raconte-moi
Qu'il y a un grand navire, tout seul, tout seul, sur la mer ;
N'oublie pas de me dire que ses lumières ont froid
Et que ses vêtements de toile font rire l'hiver.

Parle-moi des amis qui sont morts il y a longtemps.
Ils dorment dans des tombeaux que nous ne verrons jamais,
Là-bas bien loin, dans un pays couleur de silence et de temps.
S'ils revenaient, comme nous saurions les aimer !

Dans le cabaret près du fleuve il y a de vieux orphelins
Qui chantent parce que le silence de leurs âmes leur fait peur.
Debout sur le seuil d'or de la maison des heures
L'ombre fait le signe de la croix sur le pain et le vin.

# QUAND ELLE VIENDRA...

Quand elle viendra — fera-t-il gris ou vert dans ses yeux,
Vert ou gris dans le fleuve ?
L'heure sera nouvelle dans cet avenir si vieux,
Nouvelle, mais si peu neuve...
Vieilles heures où l'on a tout dit, tout vu, tout rêvé !
Je vous plains si vous le savez...

Il y aura de l'aujourd'hui et des bruits de la ville
Tout comme aujourd'hui et toujours — dures épreuves ! —
Et des odeurs, — selon la saison — de septembre ou d'avril
Et du ciel faux et des nuages dans le fleuve ;

Et des mots — selon le moment — gais ou sanglotants
Sous des cieux qui se réjouissent ou qui pleuvent,
Car nous aurons vécu et simulé, ah ! tant et tant,
Quand elle viendra avec ses yeux de pluie sur le fleuve.

Il y aura (voix de l'ennui, rire de l'impuissance)
Le vieux, le stérile, le sec moment présent,
Pulsation d'une éternité sœur du silence ;
Le moment présent, tout comme à présent.

Hier, il y a dix ans, aujourd'hui, dans un mois,
Horribles mots, pensées mortes, mais qu'importe.
Bois, dors, meurs, — il faut bien qu'on se sauve de soi
De telle ou d'autre sorte...

# LA BERLINE ARRÊTÉE DANS LA NUIT

En attendant les clefs
— Il les cherche sans doute
Parmi les vêtements
De Thècle morte il y a trente ans —
Écoutez, Madame, écoutez le vieux, le sourd murmure
Nocturne de l'allée...
Si petite et si faible, deux fois enveloppée dans mon manteau
Je te porterai à travers les ronces et l'ortie des ruines jusqu'à la haute et noire porte
Du château.
C'est ainsi que l'aïeul, jadis, revint
De Vercelli avec la morte.
Quelle maison muette et méfiante et noire
Pour mon enfant !
Vous le savez déjà, Madame, c'est une triste histoire.
Ils dorment dispersés dans les pays lointains.
Depuis cent ans
Leur place les attend
Au cœur de la colline.
Avec moi leur race s'éteint.
O Dame de ces ruines !
Nous allons voir la belle chambre de l'enfance : là,
La profondeur surnaturelle du silence

Est la voix des portraits obscurs.
Ramassé sur ma couche, la nuit,
J'entendais comme au creux d'une armure,
Dans le bruit du dégel derrière le mur,
Battre leur cœur.
Pour mon enfant peureux quelle patrie sauvage !
La lanterne s'éteint, la lune s'est voilée,
L'effraie appelle ses filles dans le bocage.
En attendant les clefs
Dormez un peu, Madame. — Dors, mon pauvre enfant, dors
Tout pâle, la tête sur mon épaule.
Tu verras comme l'anxieuse forêt
Est belle dans ses insomnies de juin, parée
De fleurs, ô mon enfant, comme la fille préférée
De la reine folle.
Enveloppez-vous dans mon manteau de voyage :
La grande neige d'automne fond sur votre visage
Et vous avez sommeil.
(Dans le rayon de la lanterne elle tourne, tourne avec le vent
Comme dans mes songes d'enfant
La vieille, — vous savez, — la vieille.)
Non, Madame, je n'entends rien.
Il est fort âgé,
Sa tête est dérangée.
Je gage qu'il est allé boire.
Pour mon enfant craintive une maison si noire !
Tout au fond, tout au fond du pays lithuanien.
Non, Madame, je n'entends rien.
Maison noire, noire.

Serrures rouillées,
Sarment mort,
Portes verrouillées,
Volets clos,
Feuilles sur feuilles depuis cent ans dans les allées.
Tous les serviteurs sont morts.
Moi, j'ai perdu la mémoire.
Pour l'enfant confiant une maison si noire !
Je ne me souviens plus que de l'orangerie
Du trisaïeul et du théâtre :
Les petits du hibou y mangeaient dans ma main.
La lune regardait à travers le jasmin.
C'était jadis.
J'entends un pas au fond de l'allée,
Ombre. Voici Witold avec les clefs.

# DEUXIÈME PARTIE

## 1913 - 1927

# CANTIQUE DU PRINTEMPS

Le printemps est revenu de ses lointains voyages,
Il nous apporte la paix du cœur.
Lève-toi, chère tête ! Regarde, beau visage !
La montagne est une île au milieu des vapeurs : elle a
repris sa riante couleur.
O jeunesse ! ô viorne de la maison penchée !
O saison de la guêpe prodigue !
La vierge folle de l'été
Chante dans la chaleur.
Tout est confiance, charme, repos.
Que le monde est beau, bien-aimée, que le monde est beau !
Un grave et pur nuage est venu d'un royaume obscur.
Un silence d'amour est tombé sur l'or de midi.
L'ortie ensommeillée courbe sa tête mûre
Sous sa belle couronne de reine de Judée.
Entends-tu ? Voici l'ondée.
Elle vient... elle est tombée.
Tout le royaume de l'amour sent la fleur d'eau.
La jeune abeille,
Fille du soleil,
Vole à la découverte dans le mystère du verger ;
J'entends bêler les troupeaux ;
L'écho répond au berger.
Que le monde est beau, bien-aimée, que le monde est beau !

Nous suivrons la musette aux lieux abandonnés.
Là-bas, dans l'ombre du nuage, au pied de la tour,
Le romarin conseille de dormir ; et rien n'est beau
Comme l'enfant de la brebis couleur de jour.
Le tendre instant nous fait signe de la colline voilée.
Levez-vous, amour fier, appuyez-vous sur mon épaule ;
J'écarterai la chevelure du saule,
Nous regarderons dans la vallée.
La fleur se penche, l'arbre frissonne : ils sont ivres d'odeur.
Déjà, déjà le blé
Lève en silence, comme dans les songes des dormeurs.
Et la ville, elle aussi, est belle dans le bleu du temps ; les tours
Sont comme des femmes qui, de loin,
Regardent venir leur amour.
Amour puissant, ma grande sœur,
Courons où nous appelle l'oiseau caché des jardins.
Viens, cruel cœur,
Viens, doux visage ;
La brise aux joues d'enfant souffle sur le nuage
De jasmin.
La colombe aux beaux pieds vient boire à la fontaine ;
Qu'elle s'apparaît blanche dans l'eau nouvelle !
Que dit-elle ? où est-elle ?
On dirait qu'elle chante dans mon cœur nouveau.
La voici lointaine...
Que le monde est beau, bien-aimée, que le monde est beau !
Viens, suis-moi ! je connais les confins de la solitude,
La femme des ruines m'appelle de la fenêtre haute :
Vois comme sa chevelure de fleurs folles et de vent
S'est répandue sur le chéneau croulant.

Et j'entends le bourdon strié,
Vieux sonneur des jours innocents.
Le temps est venu pour nous, folle tête,
De nous parer des baies qui respirent dans l'ombre.
Le loriot chante dans l'allée la plus secrète.
Il nous attend dans la rosée de la solitude.
O beau visage sombre, long et doux,
Lampe de minuit de juillet
Allumée au profond du tulipier en fleur !
Je te regarde : toute mon âme est noyée
Dans les pleurs :
Viens, mon amour, viens, mon juillet,
Viens, ô ma nuit !
Ne me crains pas : mon cœur est la coupe de pluie
Offerte par l'orage à l'oiseau migrateur !
Il y a sur ta tempe une veine au cours calme,
Ensommeillée.
C'est ma couleuvre du foyer,
Nourrie de pain et de miel blanc de l'autre année.
Il y a dans tes yeux le secret de la nuit,
Le charme de l'eau. Comme dans la nuit, comme dans l'eau
Il y a là maint danger.
Dis-moi, ton cœur va-t-il lui aussi, lui aussi, changer ?
Tu ris ; et pour rire, ma sœur,
Tu inclines la tête, tu allonges le cou,
Cygne noir, cygne apprivoisé, cygne très beau :
Et l'épaule tombante se creuse d'un pli d'eau.
Que le monde est beau, bien-aimée, que le monde est beau !
Maintenant, tu lèves la tête et de l'ombre des cils
Un rayon divisé

Me vient comme à travers la profondeur
De la feuillée :
Et c'est là un moyen de lire dans le cœur.
Que tu sois à ce point un songe que l'on touche...
— Écoute ! Écho a joint ses mains d'écorce sur sa bouche,
Il nous appelle. Et la forêt est vêtue de candeur.
Viens ! je veux te montrer à mes frères, mes sœurs,
Aux grenades du Sud, aux ceps de la montagne :
« Voici ma sœur, voici ma compagne,
Voici mon amour vêtu de couleurs.
Il m'a fait entrer au royaume de l'enfance :
Ma pauvre tête était au fond du fleuve obscur de la science :
Il est venu, il m'a ouvert la porte du tombeau ! »
Que le monde est beau, bien-aimée, que le monde est beau !
O sœur de ma pensée ! quel est donc ce mystère ?
Éclaire-moi, réveille-moi, car ce sont choses vues en songe.
Oh ! très certainement je dors.
Comme la vie est belle ! plus de mensonge, plus de remords
Et des fleurs se lèvent de terre
Qui sont comme le pardon des morts.
O mois d'amour, ô voyageur, ô jour de joie !
Sois notre hôte ; arrête-toi ;
Tu te reposeras sous notre toit.
Tes graves projets s'assoupiront au murmure ailé de l'allée.
Nous te nourrirons de pain, de miel et de lait.
Ne fuis pas.
Qu'as-tu à faire là-bas ?
N'es-tu pas bien ici ?
Nous te cacherons aux soucis.
Il y a une belle chambre secrète

Dans notre maison de repos ;
Là, les ombres vertes entrent par la fenêtre ouverte
Sur un jardin de charme, de solitude et d'eau.
Il écoute... il s'arrête...
Que le monde est beau, bien-aimée, que le monde est beau !

# SYMPHONIE DE SEPTEMBRE

## I

Soyez la bienvenue, vous qui venez à ma rencontre
Dans l'écho de mes propres pas, du fond du corridor obscur et froid du temps.
Soyez la bienvenue, solitude, ma mère.
Quand la joie marchait dans mon ombre, quand les oiseaux

Du rire se heurtaient aux miroirs de la nuit, quand les fleurs,
Quand les terribles fleurs de la jeune pitié étouffaient mon amour
Et quand la jalousie baissait la tête et se regardait dans le vin
Je pensais à vous, solitude, je pensais à vous, délaissée.

Vous m'avez nourri d'humble pain noir et de lait et de miel sauvage ;
Il était doux de manger dans votre main, comme le passereau,
Car je n'ai jamais eu, ô Nourrice, ni père ni mère
Et la folie et la froideur erraient sans but dans la maison.

Quelquefois, vous m'apparaissiez sous les traits d'une femme
Dans la belle clarté menteuse du sommeil. Votre robe

Avait la couleur des semailles ; et dans mon cœur perdu,
Muet, hostile et froid comme le caillou du chemin,

Une belle tendresse se réveille aujourd'hui encore
A la vue d'une femme vêtue de ce brun pauvre,
Chagrin et pardonnant : la première hirondelle
Vole, vole sur les labours, dans le soleil clair de l'enfance.

Je savais que vous n'aimiez pas le lieu où vous étiez
Et que, si loin de moi, vous n'étiez plus ma belle solitude.
Le roc vêtu de temps, l'île folle au milieu de la mer
Sont de tendres séjours ; et je sais maint tombeau dont la porte est de rouille et de fleurs.

Mais votre maison ne peut être là-bas où le ciel et la mer
Dorment sur les violettes du lointain, comme les amants.
Non, votre vraie maison n'est pas derrière les collines.
Ainsi, vous avez pensé à mon cœur. Car c'est là que vous êtes née.

C'est là que vous avez écrit votre nom d'enfant sur les murs
Et, telle une femme qui a vu mourir l'époux terrestre,
Vous revenez avec un goût de sel et de vent sur vos joues blanches
Et cette vieille, vieille odeur de givre de Noël dans vos cheveux.

Comme d'un charbon balancé autour d'un cercueil
De mon cœur où bruit ce rythme mystérieux

Je sens monter l'odeur des midis de l'enfance. Je n'ai pas oublié
Le beau jardin complice où m'appelait Écho, votre second fils, solitude.

Et je reconnaîtrais la place où je dormais jadis
A vos pieds. N'est-ce pas que la moire du vent y court encore
Sur l'herbe triste et belle des ruines, et du bourdon velu
Le son de miel ne s'attarderait plus dans la belle chaleur ?

Et si du saule tremblant et fier vous écartiez
La chevelure d'orphelin : le visage de l'eau
M'apparaîtrait si clair, si pur ! Aussi pur, aussi clair
Que la Lointaine revue dans le beau songe du matin !

Et la serre incrustée d'arc-en-ciel du vieux temps
Sans doute abrite encore le cactus nain et le faible figuier
Venus jadis de quel pays de bonheur ? Et de l'héliotrope mourant
L'odeur délire encore dans les fièvres d'après-midi !

O pays de l'enfance ! ô seigneurie ombreuse des ancêtres !
Beau tilleul somnolent cher aux graves abeilles
Es-tu heureux comme autrefois ? et toi, carillon des fleurs d'or,
Charmes-tu l'ombre des collines pour les fiançailles

De la Dormeuse blanche dans le livre moisi
Si doux à feuilleter quand le rayon du soir

Descend sur la poussière du grenier : et autour de nous le silence
Des rouets arrêtés de l'araignée fileuse. — Cœur !

Triste cœur ! le berger vêtu de bure
Souffle dans le long cor d'écorce. Dans le verger
Le doux pivert cloue le cercueil de son amour
Et la grenouille prie dans les roseaux muets. O triste cœur !

Tendre églantier malade au pied de la colline, te reverrai-je.
Quelque jour ? et sais-tu que ta fleur où riait la rosée
Était le cœur si lourd de larmes de mon enfance ? ô ami !
D'autres épines que les tiennes m'ont blessé !

Et toi, sage fontaine au regard si calme et si beau,
Où se réfugiait, par les chaleurs sonnantes
Tout ce qui restait d'ombre et de silence sur la terre !
Une eau moins pure coule aujourd'hui sur mon visage.

Mais le soir, de mon lit d'enfant qui sent les fleurs, je vois
La lune follement parée des fins d'été. Elle regarde
A travers la vigne amère, et dans la nuit de senteurs
La meute de la Mélancolie aboie en rêve !

Puis, l'Automne venait avec ses bruits d'essieux, de haches et de puits. Comme la fuite
Du lièvre au ventre blanc sur la première neige, le jour rapide

D'étonnement muet frappait nos tristes cœurs. — Tout
cela, tout cela
Quand l'amour qui n'est plus n'était pas né encore.

## II

Solitude, ma mère, redites-moi ma vie ! voici
Le mur sans crucifix et la table et le livre
Fermé ! si l'impossible attendu si longtemps
Frappait à la fenêtre, comme le rouge-gorge au cœur gelé,

Qui donc se lèverait ici pour lui ouvrir ? Appel
Du chasseur attardé dans les marais livides,
Le dernier cri de la jeunesse faiblit et meurt : la chute
d'une seule feuille
Remplit d'effroi le cœur muet de la forêt.

Qu'es-tu donc, triste cœur ? une chambre assoupie
Où, les coudes sur le livre fermé, le fils prodigue
Écoute sonner la vieille mouche bleue de l'enfance ?
Ou un miroir qui se souvient ? ou un tombeau que le voleur
a réveillé ?

Lointains heureux portés par le soupir du soir, nuages d'or,
Beaux navires chargés de manne par les anges ! est-ce vrai
Que tous, tous vous avez cessé de m'aimer, que jamais,
Jamais je ne vous verrai plus à travers le cristal

De l'enfance ? que vos couleurs, vos voix et mon amour,
Que tout cela fut moins que l'éclair de la guêpe

Dans le vent, que le son de la larme tombée sur le cercueil,
Un pur mensonge, un battement de mon cœur entendu en rêve ?

Seul devant les glaciers muets de la vieillesse ! seul
Avec l'écho d'un nom ! et la peur du jour et la peur de la nuit
Comme deux sœurs réconciliées dans le malheur
Debout sur le pont du sommeil se font signe, se font signe !

Et comme au fond du lac obscur la pauvre pierre
Des mains d'un bel enfant cruel jadis tombée :
Ainsi repose au plus triste du cœur,
Dans le limon dormant du souvenir, le lourd amour.

# SYMPHONIE DE NOVEMBRE

Ce sera tout à fait comme dans cette vie. La même chambre.
— Oui, mon enfant, la même. Au petit jour, l'oiseau des temps dans la feuillée
Pâle comme une morte : alors les servantes se lèvent
Et l'on entend le bruit glacé et creux des seaux

A la fontaine. O terrible, terrible jeunesse ! Cœur vide !
Ce sera tout à fait comme dans cette vie. Il y aura
Les voix pauvres, les voix d'hiver des vieux faubourgs,
Le vitrier avec sa chanson alternée,

La grand-mère cassée qui sous le bonnet sale
Crie des noms de poissons, l'homme au tablier bleu
Qui crache dans sa main usée par le brancard
Et hurle on ne sait quoi, comme l'Ange du jugement.

Ce sera tout à fait comme dans cette vie. La même table,
La Bible, Gœthe, l'encre et son odeur de temps,
Le papier, femme blanche qui lit dans la pensée,
La plume, le portrait. Mon enfant, mon enfant !

Ce sera tout à fait comme dans cette vie ! — Le même jardin,
Profond, profond, touffu, obscur. Et vers midi
Des gens se réjouiront d'être réunis là
Qui ne se sont jamais connus et qui ne savent

Les uns des autres que ceci : qu'il faudra s'habiller
Comme pour une fête et aller dans la nuit
Des disparus, tout seul, sans amour et sans lampe.
Ce sera tout à fait comme dans cette vie. La même allée :

Et (dans l'après-midi d'automne), au détour de l'allée,
Là où le beau chemin descend peureusement, comme la
femme
Qui va cueillir les fleurs de la convalescence — écoute, mon
enfant, —
Nous nous rencontrerons, comme jadis ici ;

Et tu as oublié, toi, la couleur d'alors de ta robe ;
Mais moi, je n'ai connu que peu d'instants heureux.
Tu seras vêtu de violet pâle, beau chagrin !
Et les fleurs de ton chapeau seront tristes et petites

Et je ne saurai pas leur nom : car je n'ai connu dans la vie
Que le nom d'une seule fleur petite et triste, le myosotis,
Vieux dormeur des ravins au pays Cache-Cache, fleur
Orpheline. Oui oui, cœur profond ! comme dans cette vie.

Et le sentier obscur sera là, tout humide
D'un écho de cascades. Et je te parlerai
De la cité sur l'eau et du Rabbi de Bacharach
Et des Nuits de Florence. Il y aura aussi

Le mur croulant et bas où somnolait l'odeur
Des vieilles, vieilles pluies, et une herbe lépreuse,
Froide et grasse secouera là ses fleurs creuses
Dans le ruisseau muet.

# SYMPHONIE INACHEVÉE

## I

Tu m'as très peu connu là-bas, sous le soleil du châtiment
Qui marie les ombres des hommes, jamais leurs âmes,
Sur la terre où le cœur des hommes endormis
Voyage seul dans les ténèbres et les terreurs, et ne sait
pas vers quel pays.

C'était il y a très longtemps — écoute, amer amour de
l'autre monde —
C'était très loin, très loin — écoute bien, ma sœur d'ici —
Dans le Septentrion natal où des grands nymphéas des lacs
Monte une odeur des premiers temps, une vapeur de pom-
meraies de légende englouties.

Loin de nos archipels de ruines, de lianes, de harpes,
Loin de nos montagnes heureuses.
— Il y avait la lampe et un bruit de haches dans la brume,
Je me souviens,

Et j'étais seul dans la maison que tu n'as pas connue,
La maison de l'enfance, la muette, la sombre,
Au fond des parcs touffus où l'oiseau transi du matin
Chantait bas pour l'amour des morts très anciens, dans
l'obscure rosée.

C'est là, dans ces chambres profondes aux fenêtres ensommeillées
Que l'ancêtre de notre race avait vécu
Et c'est là que mon père après ses longs voyages
Était venu mourir.

J'étais seul et, je me souviens,
C'était la saison où le vent de nos pays
Souffle une odeur de loup, d'herbe de marécage et de lin pourrissant
Et chante de vieux airs de voleuse d'enfants dans les ruines de la nuit.

## II

Le dernier soir était venu et avec lui la fièvre
L'insomnie et la peur. Et je ne pouvais pas me rappeler ton nom.
La garde était sans doute allée au presbytère
Car la lanterne n'était plus sur l'escabeau.

Tous nos anciens serviteurs étaient morts ; leurs enfants
Avaient émigré ; j'étais un étranger
Dans la maison penchée
De mon enfance.

L'odeur de ce silence était celle du blé
Trouvé dans un tombeau ; et tu connais sans doute
Cette mousse des lieux muets, sœur des ensevelis
Couleur de lune mûre et basse sur Memphis.

J'avais longtemps couru le monde avec mon frère
Sans repos ; j'avais veillé avec l'angoisse
Dans toutes les auberges de ce monde. Maintenant, j'étais là,
Tête blanche déjà comme le frère nuage. Et il n'y avait plus personne.

L'écho d'un pas, le trot de la vieille souris m'eût été doux,
Car ce qui me mangeait le cœur ne faisait pas de bruit.
J'étais comme la lampe de la mansarde au petit jour,
Comme le portrait dans l'album de la prostituée.

Parents et amis étaient morts. Toi, ma sœur, tu étais plus loin
Que le halo dont se couronne en janvier clair
La mère de la neige. Et tu me connaissais à peine.
Quand tu parlais, je tressaillais d'entendre la voix de mon cœur,

Mais tu ne m'avais rencontré qu'une fois, une seule,
Dans la lumière étrange des lampes d'apparat
Entre les fleurs de nuit, et il y avait là des courtisans dorés
Et je ne dis adieu qu'à ton reflet dans le miroir.

La solitude m'attendait avec l'écho
Dans l'obscure galerie. Une enfant était là
Avec une lanterne et une clef
De cimetière. L'hiver des rues

Me souffla une odeur misérable au visage.
Je me croyais suivi par ma jeunesse en pleurs ;

Mais sous la lampe et mon Hypérion sur les genoux,
La vieillesse était assise : et elle ne leva pas la tête.

III

Écoute bien, ma sœur d'ici. C'était la vieille chambre bleue
De la maison de mon enfance.
J'étais né là.
C'est là aussi

Que m'apparut jadis, dans le recueillement de la vigile,
Mon premier arbre de Noël, cet arbre mort devenu ange
Qui sort de la profonde et amère forêt,
Qui sort tout allumé des vieilles profondeurs

De la forêt glacée et chemine tout seul,
Roi des marais neigeux, avec ses feux follets
Repentis et sanctifiés, dans la belle campagne silencieuse et blanche :
Et voici les fenêtres d'or de la maison de l'enfant sage.

Vieux, très vieux jours ! si beaux, si purs ! c'était la même chambre
Mais froide pour toujours, mais muette, mais grise.
Elle semblait avoir à jamais oublié
Le feu et le grillon des anciennes veillées.

Il n'y avait plus de parents, plus d'amis, plus de serviteurs !
Il n'y avait que la vieillesse, le silence et la lampe.

La vieillesse berçait mon cœur comme une folle un enfant
mort,
Le silence ne m'aimait plus. La lampe s'éteignit.

Mais sous le poids de la Montagne des ténèbres
Je sentis que l'Amour comme un soleil intérieur
Se levait sur les vieux pays de la mémoire et que je m'en-
volais
Bien loin, bien loin, comme jadis, dans mes voyages de
dormeur.

## IV

— « C'est le troisième jour. » — Et je tressaillis, car la voix
Me venait de mon cœur. Elle était la voix de ma vie.
— « C'est le troisième jour. » — Et je ne dormais plus, et
je savais que l'heure
De la prière du matin était venue. Mais j'étais las

Et je pensais aux choses que je devais revoir ; car c'était là
L'archipel séduisant et l'île du Milieu,
La vaporeuse, la pure qui disparut jadis
Avec le tombeau de corail de ma jeunesse

Et s'assoupit aux pieds du cyclope de lave. Et devant moi,
Sur la colline, il y avait le château d'eau avec
Les lianes d'Eden et les velours de vétusté
Sur les degrés usés par les pieds de la lune ; et là, à droite,

Dans la belle éclaircie au mitan du bocage,
Les ruines couleur de soleil ! et là, point de passage

Secret ! car j'ai erré dans cette thébaïde
Avec l'amour muet, sous le nuage de minuit. Je sais

Où sont les mûres les plus sombres ; l'herbe haute
Où la statue frappée a caché son visage
Est mon amie et les lézards savent depuis longtemps
Que je suis messager de paix, qu'il ne tonne jamais

Dans le nuage de mon ombre. Ici tout m'aime
Car tout m'a vu souffrir. — « C'est le troisième jour.
Lève-toi, je suis ta dormeuse de Memphis,
Ta mort au pays de la mort, ta vie au pays de la vie.

La très-sage, la méritée »...

## H

Le jardin descend vers la mer. Jardin pauvre, jardin sans
fleurs, jardin
Aveugle. De son banc, une vieille vêtue
De deuil lustré, jauni avec le souvenir et le portrait,
Regarde s'effacer les navires du temps. L'ortie, dans le
grand vide

De deux heures, velue et noire de soif, veille.
Comme du fond du cœur du plus perdu des jours, l'oiseau
De la contrée sourde pépie dans le buisson de cendre.
C'est la terrible paix des hommes sans amour. Et moi,

Moi je suis là aussi, car ceci est mon ombre ; et dans la
triste et basse
Chaleur elle a laissé retomber sa tête vide sur
Le sein de la lumière ; mais
Moi, corps et esprit, je suis comme l'amarre

Prête à rompre. Qu'est-ce donc qui vibre ainsi en moi,
Mais qu'est-ce donc qui vibre ainsi et geint je ne sais où
En moi, comme la corde autour du cabestan
Des voiliers en partance ? Mère

Trop sage, éternité, ah laissez-moi vivre mon jour !
Et ne m'appelez plus Lémuel ; car là-bas

Dans une nuit de soleil, les paresseuses
Hèlent, les îles de jeunesse chantantes et voilées ! Le doux

Lourd murmure de deuil des guêpes de midi
Vole bas sur le vin et il y a de la folie
Dans le regard de la rosée sur les collines mes chères
Ombreuses. Dans l'obscurité religieuse les ronces

Ont saisi le sommeil par ses cheveux de fille. Jaune dans l'ombre
L'eau respire mal sous le ciel lourd et bas des myosotis.
Cet autre souffre aussi, blessé comme le roi
Du monde, au côté ; et de sa blessure d'arbre

S'écoule le plus pur désaltérant du cœur.
Et il y a l'oiseau de cristal qui dit mlî d'une gorge douce
Dans le vieux jasmin somnambule de l'enfance.
J'entrerai là en soulevant doucement l'arc-en-ciel

Et j'irai droit à l'arbre où l'épouse éternelle
Attend dans les vapeurs de la patrie. Et dans les feux du temps apparaîtront
Les archipels soudains, les galères sonnantes —
Paix, paix. Tout cela n'est plus. Tout cela n'est plus ici, mon fils Lémuel.

Les voix que tu entends ne viennent plus des choses.
Celle qui a longtemps vécu en toi obscure

T'appelle du jardin sur la montagne ! Du royaume
De l'autre soleil ! Et ici, c'est la sage quarantième

Année, Lémuel.
Le temps pauvre et long.
Une eau chaude et grise.
Un jardin brûlé.

# LES TERRAINS VAGUES

Comment m'es-tu venu, ô toi si humble, si chagrin ? Je ne sais plus.
Sans doute comme la pensée de la mort, avec la vie même.
Mais de ma Lithuanie cendreuse aux gorges d'enfer du Rummel,
De Bow-Street au Marais et de l'enfance à la vieillesse

J'aime (comme j'aime les hommes, d'un vieil amour
Usé par la pitié, la colère et la solitude) ces terrains oubliés
Où pousse, ici trop lentement et là trop vite,
Comme les enfants blancs dans les rues sans soleil, une herbe

De ville, froide et sale, sans sommeil, comme l'idée fixe,
Venue avec le vent du cimetière, peut-être
Dans un de ces ballots d'étoffe noire, lisse et lustrée, oreillers
Des vieilles dormeuses des berges, dans les terribles crépuscules.

De toute ma jeunesse consumée dans le sud
Et dans le nord, j'ai surtout retenu ceci : mon âme
Est malade, passante, comme l'herbe altérée des murs,
Et on l'a oubliée, et on la laisse ici.

J'en sais un qu'obscurcit un cèdre du Liban ! Vestige
De quelque beau jardin de l'amour virginal. Et je sais, moi, que le saint arbre
Fut planté là, jadis, en son doux temps, afin
De porter témoignage ; et le serment tomba dans la muette éternité,

Et l'homme et la femme sans nom sont morts, et leur amour
Est mort, et qui donc se souvient ? Qui ? Toi peut-être,
Toi, triste, triste bruit de la pluie sur la pluie,
Ou vous, mon âme. Mais bientôt vous oublierez cela et le reste.

Et l'autre, où le grand vent, la pluie et le brouillard ont leur église.
Quand venait l'hiver des faubourgs ; quand le chaland
Voyageait dans la brume de France, qu'il m'était doux,
Saint-Julien-le-Pauvre, de faire le tour

De ton jardin ! Je vivais dans la dissipation
La plus amère ; mais le cœur de la terre m'attirait
Déjà ; et je savais qu'il bat non sous la roseraie
Choyée, mais là où croît ma sœur ortie, obscure, délaissée.

Ainsi donc, si tu veux me plaire — après ! loin d'ici ! toi
Murmurant, ruisselant de fleurs ressuscitées, toi jardin

Où toute solitude aura un visage et un nom
Et sera une épouse,

Réserve au pied du mur moussu dont les lézardes
Montrent la ville Ariel dans les chastes vapeurs,
Pour mon amour amer un coin ami du froid et de la moisissure
Et du silence ; et quand la vierge au sein de Thummîm et d'Urîm

Me prendra par la main et me conduira là, que les tristes terrestres
Se ressouviennent, me reconnaissent, me saluent : le chardon et la haute
Ortie et l'ennemie d'enfance belladone.
Eux, ils savent, ils savent.

# LA CHARRETTE

L'esprit purifié par les nombres du temple,
La pensée ressaisie à peine par la chair, déjà,
Déjà ce vieux bruit sourd, hivernal de la vie
Du cœur froid de la terre monte, monte vers le mien.

C'est le premier tombereau du matin, le premier tombereau
Du matin. Il tourne le coin de la rue et dans ma conscience
La toux du vieux boueur, fils de l'aube déguenillée,
M'ouvre comme une clef la porte de mon jour.

Et c'est vous et c'est moi. Vous et moi de nouveau, ma vie.
    Et je me lève et j'interroge
Les mains d'hôpital de la poussière du matin
Sur les choses que je ne voulais pas revoir.
La sirène au loin crie, crie et crie sur le fleuve.

Mettez-vous à genoux, vie orpheline
Et faites semblant de prier pendant que je compte et
    recompte
Ces fleurages qui n'ont ni frères ni sœurs dans les jardins,
Tristes, sales, comme on en voit dans les faubourgs

Aux tentures des murs en démolition, sous la pluie. Plus tard,
Dans le terrible après-midi, vous lèverez les yeux du livre
    vide et je verrai

Les chalands amarrés, les barils, le charbon dormir
Et dans le linge dur des mariniers le vent courir.

Que faire ? Fuir ? Mais où ? Et à quoi bon ? La joie
Elle-même n'est plus qu'un beau temps de pays d'exil ;
Mon ombre n'est ni aimée ni haïe du soleil ; c'est comme
 un mot
Qui en tombant sur le papier perd son sens ; et voilà,

O vie si longue ! pourquoi mon âme est transpercée
Quand cet enfant trouvé, quand frère petit-jour
Par l'entrebâillement des rideaux me regarde, quand au
 cœur de la ville
Résonne un triste, triste, triste pas d'épouse chassée.

Te voici donc, ami d'enfance ! Premier hennissement si
 pur,
Si clair ! Ah, pauvre et sainte voix du premier cheval sous
 la pluie !
J'entends aussi le pas merveilleux de mon frère ;
Les outils sur l'épaule et le pain sous le bras,

C'est lui ! c'est l'homme ! Il s'est levé ! Et l'éternel devoir
L'ayant pris par la main calleuse, il va au-devant de son
 jour. Moi,
Mes jours sont comme les poèmes oubliés dans les armoires
Qui sentent le tombeau ; et le cœur se déchire

Quand sur la table étroite où les muets voyages
Des veilles de jadis ont, comme ceux d'Ulysse,

Heurté toutes les îles des vieux archipels d'encre,
Entre la Bible et Faust apparaît le pain du matin.

Je ne le romprai pas pour l'épouse terrestre,
Et pourtant, ma vie, tu sais comme je l'ai cherchée
Cette mère du cœur ! Cette ombre que j'imaginais
Petite et faible, avec de belles saintes mains

Doucement descendues sur le pain endormi
A l'instant éternellement enfant du Bénédicité
De l'aube ; les épaules étaient épaules d'orpheline
Un peu tombantes, étroites, d'enfant qui a souffert, et
 les genoux

De la pieuse tiraient l'étoffe de la robe
Et dans le mouvement des joues et de la gorge
Pendant qu'elle mangeait, une claire innocence,
Une gratitude, une pureté qui faisait mal — ô

Vie ! O amour sans visage ! Toute cette argile
A été remuée, hersée, déchiquetée
Jusqu'aux tissus où la douleur elle-même trouve un sommeil
 dans la plaie
Et je ne peux plus, non, je ne peux plus, je ne peux plus !

# INSOMNIE

Je dis : ma Mère. Et c'est à vous que je pense, ô Maison!
Maison des beaux étés obscurs de mon enfance, à vous
Qui n'avez jamais grondé ma mélancolie, à vous
Qui saviez si bien me cacher aux regards cruels, ô
Complice, douce complice ! Que n'ai-je rencontré
Jadis, en ma jeune saison murmurante, une fille
A l'âme étrange, ombragée et fraîche comme la vôtre,
Aux yeux transparents, amoureux de lointains de cristal,
Beaux, consolants à voir dans le demi-jour de l'été !
Ah ! j'ai respiré bien des âmes, mais nulle n'avait
Cette bonne odeur de nappe froide et de pain doré
Et de vieille fenêtre ouverte aux abeilles de juin !
Ni cette sainte voix de midi sonnant dans les fleurs !
Ah ces visages follement baisés ! ils n'étaient pas
Comme le vôtre, ô femme de jadis sur la colline !
Leurs yeux n'étaient pas la belle rosée ardente et sombre
Qui rêve en vos jardins et me regarde jusqu'au cœur
Là-bas, au paradis perdu de ma pleureuse allée
Où d'une voix voilée l'oiseau de l'enfance m'appelle,
Où l'obscurcissement du matin d'été sent la neige.
Mère, pourquoi m'avez-vous mis dans l'âme ce terrible,
Cet insatiable amour de l'homme, oh! dites, pourquoi
Ne m'avez-vous pas enveloppé de poussière tendre
Comme ces très vieux livres bruissants qui sentent le vent
Et le soleil des souvenirs et pourquoi n'ai-je pas
Vécu solitaire et sans désir sous vos plafonds bas,

Les yeux vers la fenêtre irisée où le taon, l'ami
Des jours d'enfance, sonne dans l'azur de la vieillesse ?
Beaux jours ! limpides jours ! quand la colline était en
fleur,
Quand dans l'océan d'or de la chaleur les grandes orgues
Des ruches en travail chantaient pour les dieux du sommeil,
Quand le nuage au beau visage ténébreux versait
La fraîche pitié de son cœur sur les blés haletants
Et la pierre altérée et ma sœur la rose des ruines !
Où êtes-vous, beaux jours ? où êtes-vous, belle pleureuse,
Tranquille allée ? aujourd'hui vos troncs creux me feraient
peur
Car le jeune Amour qui savait de si belles histoires
S'est caché là, et Souvenir a attendu trente ans,
Et personne n'a appelé : Amour s'est endormi.
— O Maison, Maison ! pourquoi m'avez-vous laissé partir,
Pourquoi n'avez-vous pas voulu me garder, pourquoi, Mère,
Avez-vous permis, jadis, au vent menteur de l'automne,
Au feu de la longue veillée, à ces magiciens,
O vous qui connaissiez mon cœur, de me tenter ainsi
Avec leurs contes fous, pleins d'une odeur de vieilles îles
Et de voiliers perdus dans le grand bleu silencieux
Du temps, et de rives du Sud où des vierges attendent ?
Si sage vous saviez pourtant que les vrais voyageurs,
Ceux qui cherchent la Baie du Sincère et l'Ile des Harpes
Et le Château Dormant ne reviennent jamais, jamais !
Mon cœur est tout seul dans la froide auberge et
l'insomnie
Debout dans le vieux rayon contemple mon vieux visage
Et nul, nul avant moi n'avait compris de quelles morts
Sourdes, irrémédiables sont faits ces jours de la vie !

# TALITA CUMI

Je te connais déjà depuis quelque dix ans, sur la terre suspendue dans le silence,
Enfant du destin ; et c'est ta pauvre image qui toujours m'apparaît la première
Dans la lucidité de mes réveils du déclin de la nuit,
Quand, suivant en esprit le Cosmos dans son vol muet,
Tout à coup je sens l'univers s'engouffrer en moi comme aspiré par le vide de tous ces jours.
Je suis alors comme une chose en feu sur le fleuve dans la nuit d'été
Et la clef de soleil est sous ma main, qui ouvre les Réels miroitants d'un brouillard de vie.
Et certe, un seul mot, et, dans ce pays vrai où j'ai maint serviteur éblouissant
M'apparaîtraient des formes tout autres que la tienne, caillou ramassé ici pour le souvenir.
Mais ne t'ai-je pas aimé d'humilité dans cette toute petite succession de jours ?
Je partirai bientôt. O moitié de cœur, moitié de cœur jetée
Dans la boue et le froid et la pluie et la nuit de la ville !
O mon apprivoisé menacé par l'hiver !
Ecoute-moi. Ouvre tout grand ce quelque chose en toi que tu ne connais pas,
Et tâche, quoi qu'il advienne, tâche de retenir en ta minuscule mémoire

Ce conseil d'un qui a mûri avec l'ortie dans le long et torride
été de l'amertume :
Travaille !
Ne tente pas le roi terrible de la vie, le dieu dans le mouvement
Impitoyable des routes du monde, l'idole dans le chariot
aux roues broyeuses.
Travaille, enfant ! Car tu es condamnée, frêle, à vivre
longtemps
Et je ne voudrais pas m'enfuir de ces assourdissantes galères
Avec la pauvre image de ce que tu seras un jour :
Une petite enfant tout à coup devenue petite vieille,
Avec d'amers cheveux blancs sous le châle, je ne sais dans
quel aigre et noir faubourg
Et seule sur la berge avec le fleuve, un ballot de terreur
Sur le dos, sœur des humides pierres et des grands, grands
arbres nus.
Épargne-moi cela. Car je serai affreusement absent, réveillé
pour toujours
Dans l'un des deux Royaumes. je ne sais lequel, le ténébreux,
Je le crains, car il y a en moi quelque chose qui brûle d'un
feu bas et jugé.
Et je te le dis bien, passereau de misère, tu seras seule
dans cette vie atroce
Comme vers le petit jour avare et blême de la Seine
De tous abandonné, le signal rouge et vert.
Je ne sais plus qui a tué mon cœur ; mais n'a-t-il pas en
mourant, le mauvais,
Légué toute sa royauté funèbre de compassion à mes os ?
Enfant !

C'est une douleur que l'on n'exprime pas. L'homme atteint
de ce nocturne mal
Souffre, omniscient et muet, avec les pierres des fondements
dans la moisissure des ténèbres.
Je sais bien que c'est Lui, Lui dont le nom secret est :
le Séparé-de-Lui-même
Qui souffre en nous : et que lorsque sera enfin passée
La nuit sans fleurs et sans miroirs et sans harpes de cette
vie, un chant
Vengeur, un chant de toutes les aurores de l'enfance
Se brisera en nous ainsi que le cristal immense du matin
Au cri des ailés, dans la vallée de rosée.
Eh oui, je le sais. Mais cette pauvre image de ta vie dans
le solitaire avenir, cela
Je ne peux pas le supporter. C'est une véritable frayeur
d'insecte en moi,
Un cri d'insecte au fond de moi
Sous les cendres du cœur.

# NIHUMIM

Quarante ans.
Je connais peu ma vie. Je ne l'ai jamais vue
S'éclairer dans les yeux d'un enfant né de moi.
Pourtant j'ai pénétré le secret de mon corps. O mon corps !
Toute la joie, toute l'angoisse des bêtes de la solitude
Est en toi, esprit de la terre, ô frère du rocher et de l'ortie.
Comme les blés et les nuages dans le vent,
Comme la pluie et les abeilles dans la lumière,
Quarante ans, quarante ans, mon corps, tu as nourri
De ton être secret le feu divin du Mouvement :
Tu ne passeras pas avant le mouvement de l'univers.
Que le son de ton nom inutile et obscur
Se perde avec le cri du dormeur dans la nuit ;
Rien ne saurait te séparer de ta mère la terre,
De ton ami le vent, de ton épouse la lumière.
Mon corps ! tant que deux cœurs séparés, égarés ,
Se chercheront dans les vapeurs des cascades du matin,
Tant qu'un douzième appel de midi vibrera pour réjouir
La bête qui a soif et l'homme qui a faim ; tant que le loriot,
L'hôte des sources cachées, renversera sa pauvre tête
Pour chanter les louanges du Père des forêts ; tant qu'une touffe
De myrtil noir élèvera ses baies pour leur faire respirer
L'air de ce monde, quand l'eau de soleil est tombée,
O errante poussière! ô mon corps! tu vivras pour aimer et souffrir.

Quarante ans.
Pour apprendre à aimer la noblesse de l'Action. O action !
Quarante ans, quarante ans la vanité des solitaires
M'a tourmenté. Je demandais sa mort dans mes prières.
Elle a quitté mon cœur. O triomphe ! — ô tristesse...
Elle a emmené ma jeunesse,
Ma cruelle jeunesse, la seule femme aimée.
Mais qu'importe ! déjà, mes mains, déjà la pierre vous attire.
Mains aux veines gonflées, la fureur de bâtir
Vous saisit, vous possède déjà !
Quand le midi des forts sonnera sur la mer
Nous irons saluer les constructeurs de môles.
Debout dans le soleil, en face de la mer
Ils mangent lentement leur pauvre et noble pain
Et leur sage regard va plus loin que le mien.
Honneur à toi, honneur à toi qui es né dans les pleurs
Comme l'Amen, et qui mourras dans l'abandon au pied du temple de l'amour
Ou du palais d'orgueil, ouvrages de tes mains !
Bientôt, demain, mon frère, je pourrai te parler
Face à face, sans rougir, comme parlent les hommes, car
Moi aussi, moi aussi je ferai la maison
Large, puissante et calme comme une femme assise
Dans un cercle d'enfants sous le pommier en fleur.
J'ouvrirai les fenêtres de la joyeuse église
Toutes grandes aux anges du soleil et du vent.
J'y bénirai le pain de l'Affirmation,
De ce oui éternel qui est une saveur
De feu, de blé et d'eau à la bouche des purs ;
Et quand la laideur dira : non !

Et quand la femme et la mort crieront : non !
Frère, nous saluerons l'espace ivre de vie
Et le mot appris des Héros,
Le Oui universel montera à nos lèvres.

Quarante ans.
Pour apprendre à parler sans mépris de la femme. O Amour !
Quarante ans je vous ai cherché parmi les femmes
Mais ce n'est point parmi les femmes que je vous ai trouvé.
O Femme ! La pitié des pierres me saisit !
Mère ! Mère ! tu ne sais plus, tu ne sais pas encore qui tu es.
Toi, blanche renversée dans les fleurs ! si longtemps
Tu as dormi au plus obscur, au plus muet du beau jardin abandonné !
Et te voici debout dans ce temps de laideur rieuse,
Au milieu de ces fils qui ont perdu leur dieu et n'ont pas trouvé la nature.
O Mère ! Mère ! et cette belle épaule tombante de porteuse d'eau fraîche,
Et cet air rentré de servante réveillée avant l'heure.
Quelle sagesse et quelle connaissance, ô femme, dans la paume de tes mains !
Que je ne les puisse contempler sans qu'une colombe s'en échappe !
Et ta sainte blancheur apprivoise le cygne !
Lorsque l'époux mourra, tu suivras, tu mourras :
Non pas de la tristesse de la chair, mais de la joie
Profonde de l'esprit !
Pour te parler et être compris, ô Mère, il faut redevenir enfant.
Car que peux-tu comprendre à ce monde du Mouvement,

O belle, grave et pure colonne du foyer !
Mère ! les sources voilées du Mouvement sont en un lieu
obscur et défendu
Dont le nom est Vallée de la Séparation. Là,
Les mondes et les cœurs soupirent l'un vers l'autre en vain.
Et tout ce que l'on touche est la distance et la durée
De la Séparation.
Qui cherche mal ne trouve rien nulle part.
Qui cherche bien ne trouve rien ici ;
Qui trouve ici se heurte ailleurs aux portes closes.
Car il est un pays où l'être unique est seul
En face de soi-même.
Là il s'aime
Et s'épouse
Et se crée.
Là, il se glorifie.
Et le lieu est nommé par ceux qui te ressemblent, Lieu
De la Conjonction,
De la Féminité Eternelle et de la
Vie.

Quarante ans.
Pour apprendre à chercher la Cité. O Jérusalem !
Tu n'es pas un désert de pierres liées de chaux, de sable
et d'eau
Comme les villes des hommes,
Mais, au sein du Réel, dans le silence de la tête,
Le planement muet de l'or intérieur.
Ma vie ! ma vie ! je sais que les six jours du monde
Sont là pour révéler ce que l'on doit connaître
Du septième, ennemi de tout étonnement.

Car dans la déchirure du nuage gardien
Arrêté sur Pathmos (le lieu universel
Contemplé par les yeux renversés de l'Amour)
J'ai vu dans un grand vent d'influx, l'ellipse du sabbat
Prendre feu et dorer ma naissance sans cri.
O mon frère ! ô mon corps ! ne crains pas. Je connais le chemin.
Entrons dans les profondes vapeurs de la Montagne
Qui prend son essor et s'élève
Avec le confiant qui la gravit,
Jusqu'à la nuée longue, jusqu'à la couleur-mère,
La blancheur bleue, l'annonciation de l'or.
L'aube paraît derrière nous !
Au-dessus de mon front se lève
Et fuit vers les contrées qui sont derrière nous
Le Soleil.
Le couchant est loin devant nous !
Maintenant, le profond, terrible et beau murmure
Des sages abeilles du pays
T'enseigne la langue oubliée (aux lourdes et tremblantes syllabes de miel sombre)
Des livres noyés de Yasher.

C

D

L'
A
A

Le

Po

Te

Ca

Av

L'e

Le

No

Tou

# CANTIQUE
# DE LA CONNAISSANCE

L'enseignement de l'heure ensoleillée des nuits du Divin.
A ceux, qui, ayant demandé, ont reçu et savent déjà.
A ceux que la prière a conduits à la méditation sur l'origine du langage.
Les autres, les voleurs de douleur et de joie, de science et d'amour, n'entendront rien à ces choses.
Pour les entendre, il est nécessaire de connaître les objets désignés par certains mots essentiels
Tels que pain, sel, sang, soleil, terre, eau, lumière, ténèbres, ainsi que par tous les noms de métaux.
Car ces noms ne sont ni les frères, ni les fils, mais bien les pères des objets sensibles.
Avec ces objets et le prince de leur substance, ils ont été précipités du monde immobile des archétypes dans l'abîme de tourmente du temps.
L'esprit seul des choses a un nom. Leur substance est innomée.
Le pouvoir de nommer des objets sensibles absolument impénétrables à l'être spirituel
Nous vient de la connaissance des archétypes qui, étant de la nature de notre esprit, sont comme lui situés dans la conscience de l'œuf solaire.
Tout ce qui se décrit par le moyen des antiques métaphores existe en un lieu situé ; de tous les lieux de l'infini le seul situé.

Ces métaphores que le langage aujourd'hui encore nous impose dès que nous interrogeons le mystère de notre esprit,
Sont des vestiges du langage pur des temps de fidélité et de connaissance.
Les poètes de Dieu voyaient le monde des archétypes et le décrivaient pieusement par le moyen des termes précis et lumineux du langage de la connaissance.
Le déclin de la foi se manifeste dans le monde de la science et de l'art par un obscurcissement du langage.
Les poètes de la nature chantent la beauté imparfaite du monde sensible selon l'ancien mode sacré.
Toutefois, frappés de la discordance secrète entre le mode d'expression et le sujet,
Et impuissants à s'élever jusqu'au lieu seul situé, j'entends Pathmos, terre de la vision des archétypes,
Ils ont imaginé, dans la nuit de leur ignorance, un monde intermédiaire, flottant et stérile, le monde des symboles.
Tous les mots dont l'assemblage magique a formé ce chant sont des noms de substances visibles
Que l'auteur, par la grâce de l'Amour, a contemplées dans les deux mondes de la béatitude et de la désolation.
Je ne m'adresse qu'aux esprits qui ont reconnu la prière comme le premier entre tous les devoirs de l'homme.
Les plus hautes vertus, la charité, la chasteté, le sacrifice, la science, l'amour même du Père,
Ne seront comptées qu'aux esprits qui, de leur propre mouvement, ont reconnu la nécessité absolue de l'humiliation dans la prière.
Toutefois, je ne dirai de l'arcane du langage que ce que

l'infamie et la démence de ce temps me permettent d'en révéler.

Maintenant, je peux chanter librement le cantique de l'heure ensoleillée des nuits de Dieu

Et, proclamant la sagesse des deux mondes qui furent ouverts à ma vue,

Parler, selon la mesure imposée par le compagnon de service

De la connaissance perdue de l'or et du sang.

J'ai vu. Celui qui a vu cesse de penser et de sentir. Il ne sait plus que décrire ce qu'il a vu.

Voici la clef du monde de lumière. De la magie des mots que j'assemble ici

L'or du monde sensible tire sa secrète valeur.

Car ce ne sont pas ses vertus physiques qui l'ont fait roi des esprits.

La vérité est cela par rapport à quoi l'Illimité est situé.

Mais la vérité ne fait pas mentir le langage sacré : car elle est aussi le soleil visible du monde substantiel, de l'univers immobile.

De ce soleil, l'or terrestre tire sa substance et sa couleur ; l'homme la lumière de sa connaissance.

Le langage retrouvé de la vérité n'a rien de nouveau à offrir. Il réveille seulement le souvenir dans la mémoire de l'homme qui prie.

Sens-tu se réveiller en toi le plus ancien de tes souvenirs?

Je te révèle ici les origines saintes de ton amour de l'or.

La folie a soufflé sept fois sur le chandelier d'or de la connaissance.

Les mots du langage des Aaronites sont profanés par les enfants menteurs et les poètes ignorants

Et l'or du chandelier, saisi par les ténèbres de l'ignorance, est devenu le père de la négation, du vol, de l'adultère et du massacre.
Ceci est la clef des deux mondes de la lumière et des ténèbres. O compagnon de service !
Pour l'amour de cette heure ensoleillée de nos nuits,
Pour la sécurité de ce secret entre toi et moi,
Souffle-moi la parole enveloppée de soleil, le mot chargé de foudre de ce temps dangereux.
Je t'ai nommé ! te voici dans le rayon avant-coureur au sein du nuage figé, muet comme le plomb,
Dans le bond et le vent de la masse de feu,
Dans l'apparition de l'esprit virginal de l'or,
Dans le passage de l'ove à la sphère,
Dans l'arrêt merveilleux et dans la sainte descente, quand tu regardes l'homme entre les deux sourcils,
Dans l'immobilité de la nuée infinie, d'une seule prière, ouvrage des orfèvres du Royaume,
Dans le retour à la désolation mariée au Temps,
Dans le chuchotement de compassion qui l'accompagne.
Mais la clef d'or de la sainte science est demeurée dans mon cœur.
Elle m'ouvrira encore le monde de lumière. Gravir les degrés jusqu'à se sentir pénétré de la matière même de l'espace pur,
Ce n'est pas connaître ; c'est enregistrer encore des phénomènes de manifestation.
Le chemin qui mène du peu au beaucoup n'est pas celui de la sainte science.
Je viens de décrire l'ascension vers la connaissance. Il faut s'élever jusqu'à ce lieu solaire

Où l'on devient par la toute-puissance de l'affirmation — quoi donc ? — cela même que l'on affirme.

C'est ainsi que les mille corps de l'esprit se révèlent aux sens vertueux.

Monter d'abord ! sacrilègement ! jusqu'à la plus démente des affirmations !

Et puis descendre, d'échelon en échelon, sans regret, sans larme, avec une joyeuse confiance, avec une royale patience,

Jusqu'à cette boue où tout est déja contenu avec une évidence si terrible et par une nécessité si sainte ! Par une nécessité sainte, sainte, sainte en vérité ! Alleluia !

Et qui parle ici de surprise ? il est encore une surprise dans l'apparition inattendue à travers les ombres d'une porte d'antique cité

D'un lointain de mer avec sa sainte lumière et ses voiles heureuses.

Mais dans la naissance d'un sens nouveau et d'un sens qui servira l'esprit de la science vraie, de la science amoureuse, il n'est plus de surprise.

C'est la coutume dans nos hauteurs d'accueillir toute nouveauté comme une épouse retrouvée après le temps et pour toujours.

Ainsi me fut révélée la relation de l'œuf solaire à l'âme de l'or terrestre.

Et ceci est la prière efficace où doit s'abîmer l'opérateur :

Entretiens en moi l'amour de ce métal que colore ton regard, la connaissance de cet or qui est un miroir du monde des archétypes

Afin que je dépense sans mesure tout mon cœur à ce jeu solaire de l'affirmation et du sacrifice.

Reçois-moi dans cette lumière archangélique qui sommeille mille ans dans le blé funéraire et y entretient le feu caché de la vie.

Car le blé des antiques tombeaux, versé dans le sillon, s'illumine comme un cœur de sa propre charité

Et ce n'est pas le soleil mortel qui donne à la moisson sa couleur invariable de sagesse.

Telle est la clef du monde de lumière. A qui la manie d'une main pieuse et sûre elle ouvre aussi — l'autre région.

J'ai visité les deux mondes. L'amour m'a conduit tout au fond de l'être.

J'ai porté sur ma poitrine le poids de la nuit, mon front a distillé une sueur de mur.

J'ai tourné la roue d'épouvante de ceux qui partent et reviennent. Il ne reste de moi en maint endroit qu'un cercle d'or tombé dans une poignée de poussière.

J'ai exploré à tâtons les labyrinthes hideux du monde de fureur et sous les grandes eaux sommeillent mes patries étranges.

Je me taisais. J'attendais que la folie de mon roi me saisît à la gorge. Ta main, ô mon roi! est sur ma gorge. C'est là le signe, voici l'instant. Je parlerai.

Tu m'as fait naître dans un monde qui ne te connaît plus, sur une planète de fer et d'argile, nue et froide.

Au milieu d'un grouillement de voleurs abîmés dans la contemplation de leur sexe.

Là, à la puanteur du massacre succède l'encensement imbécile des trompeurs de peuples.

Et pourtant, fils de la boue et de la cécité, je n'ai pas de mots pour décrire

Les précipices d'iniquité de cet autre Tout, de cet autre Illimité
Créé par ta propre toute-puissance de négation.
Ce lieu séparé, différent, hideux, cet immense cerveau délirant de Lucifer
Où j'ai subi durant l'éternité l'épreuve de la multiplication des grands fulgurants, des systèmes déserts.
Le plus atroce était au zénith et je le voyais comme d'un précipice de soleil noir.
Ah ! sacrilège infini auprès duquel le saint cosmos développé devant notre monde infime
Est comme un carré de givre illuminé pour la Nativité et prêt à fondre au souffle de l'Enfant.
Car tu es Celui qui est. Toutefois, tu es au-dessus de toi-même et de cette nécessité absolue par laquelle tu es.
Voilà pourquoi, Affirmateur, la totale négation est en toi, liberté de prier ou de ne pas prier. Voilà pourquoi aussi tu fais passer les affirmateurs par les grandes épreuves de la négation.
Car tu m'as jeté dans la chaleur la plus noire de cette éternité d'épouvante où l'on se sent saisi
A la mâchoire par le harpon de feu et suspendu dans la folie du vide parfait,
Dans cette éternité où les ténèbres sont l'absence de l'autre soleil, l'extinction de la joyeuse ellipse d'or;
Où les lumières sont fureur. Où toute chose est moelle de l'iniquité.
Où l'opération de la pensée est unique et sans fin, partant du doute pour aboutir au rien.
Où l'on n'est pas solitaire mais solitude, ni abandonné mais abandon, ni damné mais damnation.

Je fus voyageur en ces terres du nocturne fracas
Où, seuls parmi les choses physiques,
L'amour furieux et la lèpre du visage baignent leurs maudites racines.
J'y ai mesuré, ver aveugle, les sinuosités d'une ligne de ta main. Ce pays de la nuit dense comme pierre,
Ce monde de l'autre étoile du matin, de l'autre fils, de l'autre prince, c'était ta main fermée. Cette main s'est ouverte et me voici dans la lumière.
Il faut l'avoir vu, Lui, l'Autre, pour comprendre pourquoi il est écrit qu'il vient comme le voleur. Il est plus loin que le cri de la naissance,il est à peine, il n'est pas. L'espace d'un grain de sable, le voici tout entier en toi, lui, l'autre, le prince assis muet dans la cécité éternelle.
Toi dans l'œuf solaire, toi, immense, innocent, tu te connais. Mais les deux infinis de ton affirmation et de ta négation ne se connaissent pas, ne se connaîtront jamais, car l'éternité n'est que la fuite de l'un devant l'autre.
Et toute la hideuse, la mortelle mélancolie de l'espace et du temps n'est que la distance d'un oui à un non et la mesure de leur séparation irrémédiable.
C'est ici la clef du monde des ténèbres.
L'homme en qui ce chant a réveillé non pas une pensée, non pas une émotion, mais un souvenir, et un souvenir très ancien, cherchera, dorénavant, l'amour avec amour.
Car c'est cela aimer, car c'est cela amour : quand on cherche avec amour l'amour.
J'ai cherché comme la femme stérile, avec angoisse, avec fureur. J'ai trouvé. Mais quoi ? mais qui ? le dominateur, le possesseur, le dispensateur des deux lèpres.

Et je suis revenu, afin de communiquer ma connaissance. Mais malheur à qui part et ne revient pas.

Et ne me plains pas d'y être allé et d'avoir vu. Ne pleure pas sur moi :

Noyé dans la béatitude de l'ascension, ébloui par l'œuf solaire, précipité dans la démence de l'éternité noire d'à côté, les membres liés par l'algue des ténèbres, moi je suis toujours dans le même lieu, étant dans le lieu même, le seul situé.

Apprends de moi que toute maladie est une confession par le corps.

Le vrai mal est un mal caché ; mais quand le corps s'est confessé, il suffit de bien peu pour amener à soumission l'esprit même, le préparateur des poisons secrets.

Comme toutes les maladies du corps, la lèpre présage donc la fin d'une captivité de l'esprit.

L'esprit et le corps luttent quarante ans ; c'est là le fameux âge critique dont parle leur pauvre science, la femme stérile.

Le mal a-t-il ouvert une porte dans ton visage ? le messager de paix, Melchisedech entrera par cette porte et elle se refermera sur lui et sur son beau manteau de larmes. Mais répète après moi : *Pater noster.*

Vois-tu, le Père des Anciens, de ceux qui parlaient le langage pur, a joué avec moi comme un père avec son enfant. Nous, nous seuls, qui sommes ses petits enfants nous connaissons ce jeu sacré, cette danse sainte, ce flottement heureux entre la pire obscurité et la meilleure lumière.

Il faut se prosterner plein de doutes, et prier. Je me plaignais de ne le point connaître ; une pierre où il était tout entier m'est descendue dans la main et j'ai reçu au même instant la couronne de lumière.

Et regarde-moi ! environné d'embûches je ne redoute plus rien.

Des ténèbres de la conception à celles de la mort, un fil de catacombes court entre mes doigts dans la vie obscure.

Et pourtant, qu'étais-je ? Un ver de cloaque, aveugle et gras, à queue aiguë, voilà ce que j'étais. Un homme créé par Dieu et révolté contre son créateur.

« Quelles qu'en soient l'excellence et la beauté, aucun avenir n'égalera jamais en perfection le non-être. » Telle était ma certitude unique, telle était ma pensée secrète : une pauvre, pauvre pensée de femme stérile.

Comme tous les poètes de la nature, j'étais plongé dans une profonde ignorance. Car je croyais aimer les belles fleurs, les beaux lointains et même les beaux visages pour leur seule beauté.

J'interrogeais les yeux et le visage des aveugles : comme tous les courtisans de la sensualité, j'étais menacé de cécité physique. Ceci est encore un enseignement de l'heure ensoleillée des nuits du Divin.

Jusqu'au jour où, m'apercevant que j'étais arrêté devant un miroir, je regardai derrière moi. La source des lumières et des formes était là, le monde des profonds, sages, chastes archétypes.

Alors cette femme qui était en moi mourut. Je lui donnai pour tombeau tout son royaume, la nature. Je l'ensevelis au plus secret du jardin décevant, là où le regard de la lune, de la prometteuse éternelle se divise dans le feuillage et descend sur les endormies par les mille degrés de la suavité.

C'est ainsi que j'appris que le corps de l'homme renferme dans ses profondeurs un remède à tous les maux et que la connaissance de l'or est aussi celle de la lumière et du sang.

O Unique ! ne m'ôte pas le souvenir de ces souffrances, le jour où tu me laveras de mon mal et aussi de mon bien et me feras habiller de soleil par les tiens, par les souriants. *Amen.*

# LA CONFESSION DE LEMUEL

L'HOMME

Quand je mesure ce chemin parcouru, moi, ver sous le plancher,
Quel amour et quelle pitié me saisissent le cœur pour les frères soleils dans la nuit !
Et pourtant, eux aussi ils sont de ce monde-ci, d'ici. Oh !
Permets que je regarde enfin plus loin, bien plus loin — en moi-même.
Ah ! je le sais bien, toi, toi tu sais ce qu'il y a là, et comment n'aurais-je pas honte ?
D'abord, une ferveur de réunir les Séparés,
Une angoisse de marier le feu et l'eau,
Plus tard, l'immense adieu de l'Époux à l'Épouse,
Une division des deux belles clartés
Du jour et de la nuit... Certes, c'est peu ; mais, réponds-moi,
Qui, parmi tes enfants, qui donc, depuis l'instant
Où tu te reconnus dans les traits d'une vierge
Comme en un sommeil d'eau, a jamais eu besoin
Comme moi, pour lire en son esprit, de la lumière de la femme ?
Qui, ô heureux ! qui veux que l'on pardonne, qui ?
Et cela de toi, mauvais, qui ne venait pas, ma colère
L'a pourchassé avec les maigres chiens courants
Du gémissement de luxure. Mais,
Là encore, une pitié de père, o Père !
Se déchirant en moi, obscure s'abattait

Comme glace d'été sur ma noire chaleur.
De sorte que dans cette vie, la mienne, comme dans le labour
Océanique, parmi les sillons de montagnes,
Tout, tout ne fut que tourment, amertume et stérilité.
Mais, toi qui sais, comment pouvais-je savoir moi
Qui étais comme le frémissement sacré
Du paon douloureux et beau de Midi
Que cela que j'attendais du dehors
Me viendrait de moi-même, et, feu conscient de sa route,
Pur, joyeux et puissant comme l'âme de l'or,
Soudain, s'arrêterait comme sur Josué,
Pour toucher d'un regard omniscient d'épouse
La vue intérieure, là, entre les sourcils...

*(Silence.)*

Ce fut là la jeunesse avec ses jours, et puis
Vint l'âge mûr avec ses nuits ;
Derrière le rideau de l'assoupissement
Ces terrasses, tu sais, hautes, hautes, qu'on balayait, ces pierres
Aussi qui, trois par trois, quatre par quatre
Tombaient tristement, d'où ? dans le puits du sommeil.
Et certaine nuit... Mais ce sont là choses
Dont le nom n'est ni son, ni silence.

CHŒUR

*(Un chuchotement nombreux.)*

Parle. Dis
Impitoyablement ce que ton âme a vu
Dans le cosmos aveugle, égaré et abandonné.
Parle, et imite l'éternité quand elle dit : non.

Dans ces déserts où jamais Oui n'a résonné.
Dis-nous comment des pieds à la tête, le corps
Devient pensée, dans ces pays plus insensibles que la lèpre.
Quel cri des ténèbres imparfaites
D'ici contient le nom de cette nuit totale
Vide des deux soleils ?
Parle. Que t'advint-il dans cet infini AUTRE
Vu comme par des yeux de race disparue ?
AUTRE. N'est-ce point là l'unique mot ?
AUTRE. Non pas seulement différent,
N'est-il pas vrai, mais AUTRE,
Et défendu, fermé, — mais ne veux-tu pas dire :
Même à la toute-puissance d'ici ?
Dans cet infini AUTRE
Où celui-là qui nous contient est inconnu,
Où l'espace est la nuit au dedans de la pierre.

L'HOMME

Je me séparai d'elle — qui, par l'œuvre de mainte année
Etait devenue mon enfant ,dans ce long corridor d'hôtel,
Et maintenant — quel froid coupe mon âme en deux! —
J'étais seul dans ma chambre allemande et je savais
Que de l'autre côté du mur, cette chose dormait
Pour la dernière fois à trois pas de ma vie
Et que, sans me revoir, au petit jour
Elle s'en irait — si enfant, si enfant
Vers la vaste, froide, vide vie.

*(Silence.)*

En moi, l'obéissance envers moi-même
Était plus forte que tout

*(Silence.)*

Et il vint un moment où je sentis CECI :
Une soudaine immensité
Inexprimable, différente, séparée,
M'aspira dans un univers où le Oui n'avait plus de sens.
Pays fermé à nos vivants et à nos morts :
Tout était pénétré d'une autre éternité,
D'une autre nécessité. — d'un autre Dieu...
La toute-puissance de là-bas
N'était même plus l'ennemie de celle d'ici.
Séparation.
Oh ! séparation.
Les deux omnisciences ne se connaissaient pas.

Tout, tout m'était déchirement. Comme les entrailles
Brusquement ramassées sous la main du boucher, tout
M'était déchirement.
Et pourtant, je gardais
Un sens, un toucher sûr pour cette sainte chose
Où cesse le lieu. Et le souvenir
D'un merveilleux passé m'éclairait. Même
Il advint qu'un Temple —

CHŒUR

*(Même chuchotement.)*

Est-ce vrai ? Tu te souviens ? — Une arche d'immobilité
Sur l'espace créé, dans le lieu
Seul situé. Le mot unique ici : SURFACE
Les cimes d'or de la méditation
Pour cette nef ne sont point écueils.
Là, plus d'espace d'ascension :
Tout n'est que Salutation.

Et puis, c'est le retour — cherche en tes souvenirs —
La chute — la Ligne Droite, première.

L'HOMME

— tout en pierre de compassion,
Porté par un nuage de voix, je ne sais où ;
Suspendu tout en haut, dans le Rien désiré,
Inaccessible au vol immobile, cruel, muet
Des noirs, vides, féroces espaces.
Et je tombai
Et oubliai ; puis, tout à coup, me ressouvins.

CHŒUR

*(Même chuchotement.)*

De la vie à la vie, quel chemin !

L'HOMME

Je crois bien que c'est tout.

CHŒUR

Non, — il y a les hommes.

L'HOMME

Tout le drame du peuple élu
S'est joué dans ce cœur profond.
Ils ne savent pas ce qu'ils font.
Ils ne le savent plus.

CHŒUR

Tu les hais donc ?

L'HOMME

Je les ai fort longtemps haïs,
Vieux cœur de voyageur ; et dans tous les pays.

*(Silence.)*

Cependant, certain jour —
Et c'est là un de ces souvenirs
Qui ne sont plus mesure du temps
Et que l'on aime
Non point pour leur trésor de jours, mais pour eux-mêmes,
Je me laissai porter par une vague humaine
Au sommet d'une tour.
C'était Juillet, c'était Midi. Midi, Juillet.
Il faisait chaud comme aux sources du sang.
Vivre était comme un très vieux vin
De sucre au chevet d'un convalescent.
Dans l'immobilité de l'air
Le feu laissait tomber l'or de sa lourde haleine.
Jamais je n'avais vu si pleine
La coupe de sanglots de l'univers.
L'esprit, la chair,
Le mal et le bien,
La tristesse et la joie,
Le grand et le petit, oh ! comme tout était humain
En moi !

*(Silence.)*

CHŒUR

Roi,
Parle.

L'HOMME

Et ma vue descendit vers cette chose grise
Dans la vibrante profondeur :

Maisons, usines,
Gares, églises,
— Partout, partout,
Aux bords du fleuve, aux flancs de la colline,
Entassés, dispersés, amoureux et hostiles,
Ces nids de boue
Trempés d'une salive d'insectes bâtisseurs.
Et là-bas, oh! là-bas...

CHŒUR

Tes frères, tes sœurs.

*(Très long silence.)*

L'HOMME

Alors, dans un éclair
De lance dans le flanc percé
Je compris tout,
L'Annonciation et le Verbe fait chair,
Oui, dans un éclair de pensée
Je compris, je sentis, je vis
— COMMENT LES CHOSES S'ÉTAIENT PASSÉES.

*(Silence.)*

Maintenant, les trois années de renoncement après les quarante ans d'attente tirent à leur fin. Je comprends, — je sens enfin que je sais, que j'ai toujours su, et qu'il est ici même une certaine manière de tout connaître.

J'ai fermé ma vue et mon cœur. Les voici réconfortés. Que je les ouvre maintenant. A toute cette chose dans la lumière. A ce blé de soleils. Avec quel bruissement de vision il coule dans le tamis de la pensée.

Immense, éternelle, effrayante Réalité. C'est toi, de toutes les possibilités, toi la plus extraordinaire. Car tu n'es pas en moi, et cependant je suis ton lieu ; je passerai, et tu demeureras ; et pourtant, nous deux, nous sommes inséparables ; mon amour t'embrasse, et c'est là ton unique borne, ô Illimité !

Et que serais-tu sans cette attestation intérieure, sans ce Oui en moi jeté comme un pont de montagne entre les deux massifs de nuit d'avant et d'après.

CHŒUR

*(Un peu plus haut.)*

La plus humble chose a sa vérité silencieuse.
Mais aux fils des artificieuses
Il faut de sacrilèges merveilles — nous le savons.
Et où est parmi vous celui qui ici même
Sur cette terre, goûte dans sa plénitude, la sainteté
Dont le ciel que nous respirons
Pénètre à tout instant votre pain, votre vin ?
Homme, homme, quel chemin tu as fait
Pour arriver à nous qui étions en toi.

*(Ils pleurent.)*

L'HOMME

O merveilleux, merveilleux
Penchés sur moi, car je sais, je sens

Que vous vous inclinez vers moi pour chuchoter,
Votre chuchotement est celui
De merveilleux tendrement penchés —
Tandis que sur moi vous vous penchez
Dans un chuchotement merveilleux,
Tandis qu'autour de moi vous chuchotez
De la sorte, dans un frémissement d'élytres
O merveilleux (et quoi donc prédomine en vous ,
Chuchoteurs, l'homme ou la femme ?)
Laissez-moi, innombrables que j'aime comme un seul,
Beaux à faire mal, insupportablement gracieux
Vous demander une grâce.

CHŒUR

Elle est accordée.

*(Ils rient.)*

L'HOMME

De longues, longues, puissantes années,
Et un immense amour, semblable au vôtre,
Ici-même déjà comme vous autres,
Et une Action, une noble, une haute Action,
Pacificatrice, purificatrice, comme la vôtre,
Ici-même, ici-même, rieurs-pleureurs, comme la vôtre.

# LA NUIT DE NOËL DE 1922 DE L'ADEPTE

L'ADEPTE

Faisons, — sept fois pour le passé, et pour nos trois jours à venir, trois fois — le signe, le signe ! le signe nourrissant, désaltérant, rafraîchissant, — nos mains, nos fronts, nos cœurs, — le signe vainqueur, le signe vainqueur de la Croix. Et vous, Béatrix, paix à vous, reposez-vous ! Faites silence dans ce corps, le mien, terrestre demeure. Car vous remuez trop, car vous faites un bruit comme de pas dans ma tête et dans mon cœur. O sept années déshéritées ! Ma robe de patience m'a quitté lambeau par lambeau.

BÉATRIX

Tu dis vrai, maître. Oui, c'est bien la septième année de l'œuvre candide et secret. Sept années, maître ! Mais, cette nuit, ils vont naître d'une miraculeuse et semblable merci, l'un à Bethléem, l'autre ici.

L'ADEPTE

Les parents dorment là, tendres métaux époux, dans cet œuf appuyé sur le feu nuptial. Qu'ils sont beaux, innocents !

BÉATRIX

Tu les vois donc ? Comment ? Dans cet œuf hermétique ? Avec quels yeux ?

L'ADEPTE

Chère enfant, par la grâce de la vue du milieu. Et puisque nous nous connaissons depuis sept ans, je te touche le front.

BÉATRIX

Adieu, espace, temps.

L'ADEPTE

Le clocher va bientôt sonner ses douze coups. Devant le cher fourneau, adorons à genoux.

*(Silence.)*

O divin Maître, souviens-toi qu'il est, même pour toi, une Hauteur. Implore, implore pour moi ta sainte épouse la Blancheur.

*(Silence.)*

Je regarde. Et que vois-je ? La pureté surnage, le blanc et le bleuté surnagent. L'esprit de jalousie, le maître de pollution, l'huile de rongement aveugle, lacrymale, plombée, dans la région basse est tombée. Lumière de l'or, charité, tu te délivres. Viens, épouse, venez, enfant, nous allons vivre !

BÉATRIX

Cher époux, prends garde ! Écoute, regarde. Il siffle encore, il rampe encore quelque chose d'atroce au fond. Penche-toi, sainte face. Je ne sais ce qui se passe : ce que tu fais, ils le défont. Ils sont légions, obscurité, masse, menace...

L'ADEPTE

Je n'en vois qu'un. Il danse en rond dans la rigueur du rouge et du jaune et du noir, tout au fond du muet caveau. Chère dame, entre deux tombeaux, en vérité : celui d'Amour, celui d'Espoir. Écoute, il crie... nul ne l'entend. Il voudrait, en dansant, sortir de l'espace et du temps. Jadis, dans mes tentations, que ne suis-je mort en rêvant ! Tout, comme ici, était noir. Là-haut, plus loin que ma vraie vie, au bord du hideux entonnoir, hurlaient et geignaient les Harpies. Les eaux de Jupiter, de Vénus et de Mars se déversaient avec fracas sur les assises de l'infini.

BÉATRIX

J'en vois mille, dix mille ! Montjoie Saint-Denis, maître ! les nôtres, rapides, rapides, ensoleillés ! Au maître des obscurs on fera rendre gorge. Vous, Georges, Michel, claires têtes, saintes tempêtes d'ailes éployées, et toi, si blanc d'amour sous l'argent et le lin...

L'ADEPTE

Ici encore, je n'en vois qu'un.

BÉATRIX

Troupe maudite ! ricaneurs ! spoliateurs ! calomniateurs ! Avec leurs froides, pâles épées atroces, dentelées, dans les larmes trempées, ils s'élancent... Ils l'ont saisi, ils l'entraînent... Tout est silence...

L'ADEPTE

Sept cris terribles dans la nuit : tout est fini, tout est fini. Fini terrestrement, fini petitement, fini, fini, irréparablement fini. Non. Il se soulève à demi : la blancheur de l'incandescence lui prend à deux mains, en silence, la tête. Elle le cajole ainsi. Souffle, soufflet, mais souffle donc ! il est tout transi...

Un cri nouveau, par sept fois, résonne. Est-ce un nom ? Je le crois. Le Maître me pardonne ! Il ouvre les yeux, il renaît. Il renaît, te dis-je. Il renaît, renaît, renaît, renaît, renaît ! O prodige ! regarde bien, penche-toi, jeune mère ! Le feu paternel rit, il n'est plus en colère. Quelle nuit ! mais c'est la dernière.

BÉATRIX

Le voici à nos pieds. O chose de lumière ! sainteté ! charité ! santé !

L'ADEPTE

Je renais, et cependant, je meurs. C'est comme il y a très longtemps, avant, avant, bien avant la dernière sortie du Semeur. Jeune mère, qu'arrive-t-il ? Où sommes-nous, moi homme et toi femme, à genoux ? Que signifie cela, ma chère, chère tête ? Dehors, la sainte nuit est réelle, pourtant. Sur tout le corps du firmament en fête ruisselle une eau lustrale de beauté.

BÉATRIX

La lune, la grande diamantée, dans la saulaie muette du nuage, tisse en toute tranquillité son arentèle de miroitante cécité. Moi aussi, je renais, et cependant je meurs. Oui, c'est tout à fait comme avant la dernière sortie du Semeur.

L'ADEPTE

Comme tout ton être secret respire en moi, femme, eau sourde et salutaire sous la crypte. Oh ! ton visage comme l'Égypte ! O visage, visage de fuite en Egypte !

O mains comme un pain céleste rompu en deux ! Oh ! tes yeux si... tes yeux ! tes yeux ! C'est comme si mon âme avait déjà quitté la terrestre livrée. Qui donc a dit cela : Heureux, heureux amants. Le Rien dans son souffle inspiré me retient suspendu sur la montagne des Dormans. Mes chaînes de constellations sont rompues.

BÉATRIX

C'est la vie délivrée.

# PSAUME DU ROI DE BEAUTÉ

Des îles de la Séparation, de l'empire des profondeurs entends monter la voix des harpes de soleils. Sur nos têtes coule la paix. Le lieu où nous sommes, Malchut, est le milieu de la Hauteur.

Les pleurs féconds versés dans une pensée à mon Père, les mondes d'or éclairent de beauté l'abîme. Royale tête qui pourtant reposes sur mon cœur, quel effroi de nombres tu lis dans la mémoire de la nuit ! Reine, sois femme vraiment par la compassion suprême. Toute blanche d'une pitié de la grandeur, songe au plus abandonné, au Créateur. Le lieu où nous sommes, Malchut, est le milieu de la Hauteur.

Devant le saint labeur des constellations, ne sens-tu pas ton cœur se déchirer ? Malchut, Malchut, épouse ! mère des générations ! L'espace, essaim d'abeilles sacrées, vole vers l'Adramand d'extatiques odeurs. Le lieu où nous sommes, Malchut, est le milieu de la Hauteur.

Car de la chose en mouvement l'immobile Absolu est le secret désir. Régent solaire, pieux semeur de ce qui doit naître et mourir, je n'aime que ce qui demeure. Moi-même, moi Microprosope ! je brûle de me transmuer. Ici ou dans la profondeur, rien n'est situé ! rien n'est situé !

Toute réalité est dans l'amour du Père. Le lieu où nous sommes, Malchut, est le milieu de la Hauteur.

Paix sur la terre, ô mon épouse, ô femme ! paix dans tout l'empire irréel, aux âmes de douceur pour qui tu fais chanter les sept cordes de l'arc-en-ciel ! Quand je contemple, ô Reine, ta face renversée, j'ai le cher sentiment que toutes mes pensées naissent dans ton suave cœur ! Le lieu où nous sommes, Malchut, est le milieu de la Hauteur.

Et pourtant, — et pourtant je voudrais m'endormir sur ce trône du Temps ! Tomber de bas en haut dans l'abîme divin ! M'asseoir à jamais immobile parmi les sages. Oublier que le mot « ici » était absent de mon langage. Car moi qui crée sans cesse pour mériter le Rien, je suis le désir de la fin, Malchut, de la fin, de la fin des fins ! Oh ! te coucher, épouse morte, dans mon cœur, et te ressusciter pour le jour éternel du Père ! Le lieu où nous sommes, Malchut, est le milieu de la Hauteur.

# PSAUME DE LA MATURATION

Je n'ai pas trouvé la paix, dans ma jeunesse, auprès de celle qui s'offre sans angoisse, obéissant à un destin qui veut qu'elle se donne tout entière.

Sans doute l'ai-je blessée, en lui demandant cela seulement qui à ses yeux est si pauvre chose : l'intelligence et l'amour des esprits inférieurs.

Mais cette chose, je l'obtins ; et alors, terriblement armé pour la solitude, je pris congé de celle qui m'avait tout appris et qui ne pouvait plus me comprendre.

Mais que je te perde, mon maître, si jamais parole imprudente échappe de mes lèvres à son adresse ! ou si jamais je relis sans déchirement de cœur ce que tu as écrit du doigt sur le sable !..

Elle ne s'est trouvée sur mon chemin que pour le sombre couronnement de sacrifice ; mais depuis ce jour, j'écoute ce que mon ombre conte aux orties, et toute pierre, dans le gave solitaire, à mon approche frissonne...

Car c'est là la profondeur de la compagne de service d'être gardienne aussi, pour nous qui ne sommes plus ni fils ni époux, de la clef du monde devenu muet.

Elle détacha de sa ceinture — qu'elle porte sous le cœur — cette clef du premier jardin dont elle est toute l'ombre et toute la lumière mais où son amour n'entre plus, n'étant pas de commandement.

Et comme je la prenais de ses mains, elle leva vers moi un regard qui semblait porter tout le poids de l'innocence dont elle est accablée.

C'est ainsi que je pénétrai dans la grotte du secret langage ; et ayant été saisi par la pierre et aspiré par le métal, je dus refaire les mille chemins de la captivité à la délivrance.

Et me trouvant aux confins de la lumière, debout sur toutes les îles de la nuit, je répétais de naufrage en naufrage ce mot, le plus terrible de tous : ici.

Mais un jour, dans ces hauteurs où tout devient un jeu, je soufflai au visage de mon dernier désir la bulle colorée de mon âme.

Tu descendis alors, guéri au côté, aux pieds et aux mains, vêtu de je ne sais quel or fluide et joyeux, lavé de toute souillure par la femme.

Et dans un rire de solaires légions, tu me marias à ta conscience et m'armas de la vue médiane.

Et toute l'infinitude de ce que je voyais était d'une seule pièce, et cette enfance du cyclope en moi répétait le nombre UN, et ne pouvait pas compter plus loin.

Et alors tu m'élevas sur ton sein adoré, par l'espace scellé, intérieur, réel,

Jusqu'aux belles portes de plomb de l'humilité, ta patrie et Bethléem de l'or,

Et de là, au pays où l'amour boit doucement, comme un cheval blanc, aux sources de l'étendue et de la durée.

Et toujours plus haut, jusqu'à cette voûte enfin où l'éternel instant

Est mesuré à la courbe de projection de l'œuf

Bruissant comme Raphaël et tout à coup, dans la rémission solaire,

Muet comme la seconde naissance.

# PSAUME DE LA RÉINTÉGRATION

Il m'advient quelquefois, au milieu de la nuit, d'être éveillé par le silence le plus accompli de l'Univers. C'est comme si, tout à coup, les multitudes célestes, apercevant dans ma pensée le terme assigné à leur course, s'arrêtaient au-dessus de ma tête pour me considérer en retenant leur souffle. Ainsi qu'aux lointains jours de mon enfance, toute mon âme se tend alors vers la grande voix qui se prépare à m'appeler du fond des espaces créés. Mais mon attente est vaine. La paix qui m'environne n'est si parfaite que parce qu'elle n'a plus de nom à me donner. Elle est en moi et je suis en elle, et dans ce Lieu comme nous innomé où s'est accomplie notre union, il n'est pas jusqu'au mot le plus universel, Ici, qui n'ait perdu à jamais son sens ; car rien n'est demeuré hors de nous où nous puissions encore situer un Là-bas, et l'espace total où respire la pensée nous apparaît non pas comme le contenant, mais comme l'intérieur illuminé du beau cristal Cosmos tombé des mains de Dieu. Jadis, quand l'esprit du silence parfait me saisissait, je levais les yeux vers les soleils ; aujourd'hui, ma vue descend avec leur regard dans mon être. Car leur secret est là, et non pas en eux-mêmes. Le lieu d'où ils me contemplent est celui-là même où je me tiens, et au reproche aimant peint sur le visage de l'univers je reconnais la mélancolie de ma propre conscience. L'immensité engendrée par l'infinitude des mouvements circonscrits est impuissante à combler le vide de mon âme ; il n'est point de hauteur accessible à l'extension du Nombre dont les instants ne soient comptés par le battement de mon cœur. Que m'importe donc toute cette distance du rien au rien ! Certes, je suis tombé d'un lieu fort élevé ; mais c'est un *autre espace* qui a mesuré la chute où j'ai entraîné le monde. Le lieu réel, le lieu seul situé est en moi, et voilà pourquoi l'Univers, ma conscience, veille, veille cette nuit, et me regarde. O mon Père ! mon mal n'a pas nom ignorance, mais oubli. Reconduis ton enfant aux sources de la Mémoire. Ordonne-lui de remonter le cours de son propre sang. Le mouvement de ma chute a créé l'espace-temps, cette eau qui dans l'immobile Illimité sur moi s'est refermée et pour laquelle il n'est pas en ma puissance d'imaginer un récipient. Que mon ascension projette donc l'Autre Espace, le vrai, l'originel, le sanctifié, et que l'univers que voici, le Fils de ma Douleur dont le regard nocturne est sur mon âme, avec moi s'élève vers la Patrie, dans le joyeux courant d'influences bruissantes de la béatitude dorée.

# PRIÈRES

## I

Être pur, si parfaitement identique à ta nécessité qu'il n'est folie de négation qui ne situe par rapport à toi, qui es le tout, son néant condamné à n'être qu'une forme renversée de l'affirmation ; que dis-je ! si effroyablement existant que la chose distincte de toi par ta volonté, la création, ne peut trouver un contenant que dans ton idée d'un extérieur, d'un rien, à cause que toi seul tu es infini et qu'il n'est pas d'extérieur qui te circonscrive ; si intimement confondu avec mon moi, si inséparable de ma liberté que c'est toi qui me soutiens jusque dans mon œuvre de destruction ; et à la limite extrême de mon effort, quand la matière et le vide, ensemble identiques et contraires, simultanément s'évanouissent de ma pensée, celle-ci aussitôt se transmue d'un inconcevable non-être, clos à ce vide et à ce plein, en cela qui est l'être même, le oui dont je suis séparé par le non qu'il renferme, le tout qu'un pur rien m'empêche de connaître, le lieu immobile de tout ce qui se meut et que nul mouvement ne peut atteindre, le Dieu en qui je suis comme ma notion d'un extérieur, d'une séparation, d'un rien est en moi... Réalité unique et révélée qui m'est d'autant plus chère que ce qui t'aime en moi n'est ni aucune des parties de mon être, sens, raison, sentiment, ni leur somme, mais l'être même, — derechef ce rien où le soleil du désir de ma perfection m'apparaît et me couronne. Toi qui es celui qui est, toi la loi, tu voulus être celui qui devient ; tu t'exaltas au-dessus de la loi. De ta plus humble idée, celle d'un rien, d'un extérieur, tu fis ta demeure ; tu y mis ton amour, afin qu'il t'appelât du dehors. Tu es vraiment celui qui donne sa lumière et son sang, Père, Fils, Esprit, je te salue. Que tout doré de mémoire de la cime de ma plus haute pensée à nouveau vers toi je prenne mon essor. Que dans ma vision du monde comme dans la tienne toute notion de rapport et de limite s'efface. Qu'il n'y ait plus ni fini ni infini. Que seul l'amour devenu lieu demeure.

## II

Le Rien, unique contenant intelligible d'un univers libre et pur comme la pensée de Dieu, supérieur à toute notion de fini et d'infini, le Rien a été répudié par l'homme. Le soleil de la mémoire des origines s'éteint avec l'astre physique épouvanté par le spectacle de la crucifixion. La conscience adamique de la relation primordiale s'obscurcit. L'esprit humain est chassé de la lumière paradisiaque dont la transmutation s'effectue dans la sainte, sainte idée d'un extérieur, région lucide de l'exaltation, du sacrifice, de la charité, de la liberté ; de la liberté, bénie soit-elle. Le Roi murmure : Où est l'espace ? et sa cécité lui répond : L'espace est en moi, dans mes ténèbres sans commencement ni fin. Alors les nombres de la connaissance, de la beauté et de la paix, le Un céleste, merveilleux, merveilleux, *hosanna in excelsis* ; le Deux spirituel qui se transmue en lumière et sang, *in unitate Spiritus Sancti* ; le

Trois, Maître du grand rituel de réciprocité, *per omnia secula seculorum* ; tous les grands et miséricordieux Nombres, jusqu'au Dix du retour du fils prodigue à la Maison du Père, *Amen* ; les Nombres de la sagesse de l'Amour, un à un, ceignent l'épée de la Loi et rentrent dans le soleil des soleils, où les attendent les indestructibles Trônes. Le pitoyable Roi du Monde pose sa dextre sur la tête de son épouse, en signe de dure domination sur la nature corporelle. Dans la senestre, il élève l'universelle Pomme, fruit de l'arbre de la connaissance du bien et du mal, emblème de la misérable royauté qui se nourrit de terre et oublie que le temps en fait sa pâture. Dans ce globe impérial, le Seigneur, un jour, viendra planter la Croix. A la place des Nombres sacrés surgissent dans la pensée d'Adam les signes infernaux et corporels de la Division et de la Multiplication sans fin. C'est dans le Seigneur, c'est dans sa paix, que je veux dormir et reposer.

# TABLE DES MATIÈRES

Achevé d'imprimer
le 9 Novembre 1929
sur les presses
de l'Imprimerie de Vaugirard.

# ÉDITIONS

# J.-O. FOURCADE

22, RUE DE CONDÉ, 22

PARIS

Téléphone .. .. .. .. .. LITTRÉ 66-74

CHÈQUES POSTAUX
PARIS.. .. 1280.76

REG. COMMERCE
SEINE 377.757.

J.-O. FOURCADE
22, Rue de Condé, 22
PARIS-VI<sup></sup>

# POÉSIE

LÉON-PAUL FARGUE
*HISTOIRES DE RESSORTS*

HENRY MICHAUX
*MES PROPRIÉTÉS*

O.-V. DE L. MILOSZ
*POÈMES (1895-1927)*

P.-J. JOUVE
*LES " POÈMES DE LA FOLIE ",* de *HÖLDERLIN*
*AVANT-PROPOS* de B. GROETHUYSEN

JEAN DE BOSSCHÈRE
*ULYSSE BATIT SON LIT*

PIERRE GUÉGUEN
*JEUX COSMIQUES*

TRISTAN TZARA
*L'HOMME APPROXIMATIF*

Imp. de Vaugirard, Paris 1929

www.ingramcontent.com/pod-product-compliance
Ingram Content Group UK Ltd.
Pitfield, Milton Keynes, MK11 3LW, UK
UKHW020914180726
13838UKWH00002B/538

9 782329 430997